बेटी शैली से वार्तालाप

बेटी शैली से वार्तालाप

नरेश अग्रवाल

भारतीय ज्ञानपीठ

वाणी प्रकाशन : भारतीय ज्ञानपीठ की पुस्तकों
के एकमात्र प्रकाशक एवं वितरक

पहला संस्करण : 2022
दूसरा संस्करण : 2023

लोकोदय ग्रन्थमाला : ग्रन्थांक 1545

प्रकाशक
वाणी प्रकाशन ग्रुप
4695, 21-ए, दरियागंज, नयी दिल्ली-110 002
फ़ोन : 011-23273167, 23275710
ईमेल : sales@vaniprakashan.in

ISBN : 978-81-19014-80-4

बेटी शैली से वार्तालाप
(वार्तालाप)
नरेश अग्रवाल

BETI SHALLY SE VARTALAP
(Dialogue)
by Naresh Agarwal

मुद्रक : आर. टेक ऑफ़सेट प्रिंटर्स, दिल्ली-110 032

Price : INR. 495

प्यारी बेटी शैली के लिए...

अनुक्रम

सुबह किसलिए होती है

सुबह किसलिए होती है, कभी पूछा है तुमने अपने आप से? सूरज उगते ही सारे कामों में जागृति ला देता है। रात के सारे रुके हुए काम फिर से शुरू हो जाते हैं। यह वैसा समय है जब चारों ओर सुंदर-सुंदर फूल और पत्ते दिखाई देने लगते हैं। पक्षी उड़ते हुए और जहाँ बर्फ है वह पिघलती हुई। फिर ऐसे समय में आलस्य क्यों?

कभी थके हुए पक्षी मिल जाएँ, तो मुझे बताना। कभी बादल रुके हुए दिखाई दें, तो बताना। जिस दिन सागर की लहरों में शांति आ जाएगी उस दिन समझ लो, सारा जीवन मूर्च्छित हो जाएगा।

मुझे चाहिए तुम्हारे दोनों हाथ, जो यह महसूस करते हों कि उनके पास दस अँगुलियाँ भी हैं और उन्हें संचालित करने वाला एक सक्रिय दिमाग भी। अपने सारे साधनों का उपयोग करने को प्रेरित करती है सूरज की रोशनी। अब तुम इससे कितनी अधिक प्रेरणा लेती हो, यह तुम पर निर्भर है।

तुम्हें गंभीर होना चाहिए उस नमक की तरह जो अपने एक छोटे-से टुकड़े से भी अपनी ताकत दिखला देता है।

हमारा मस्तिष्क एक दर्पण है

चमकते हुए सूरज का प्रकाश जब दर्पण पर पड़ता है तो वह उसे इतनी तेजी से लौटाता है कि उस तेज से आँखें बंद कर लेनी पड़ती हैं।

हमारा मस्तिष्क एक दर्पण है। जितना ज्ञान इसे दिया जाता है वह दूसरों को भी उतना ही देने के काबिल हो जाता है।

यह शिक्षा केवल तुम्हारे लिए ही नहीं है, कल दूसरों के भी काम आएगी। इस शिक्षा का हू-ब-हू इस्तेमाल नहीं होता, बल्कि इसके सहारे जो तुमने जाना है उससे मिलती-जुलती चीजों से संबंधित समस्याओं का निवारण भी होता है। जैसे एक बार तैरना सीख जाने पर किसी भी जल में तैर सकती हो या पेड़ उगाने की विधि जान लेने पर कहीं भी उसे उगा पाओगी। लेकिन भ्रमित और अधूरी शिक्षा से कुछ बड़ा कर पाने की लालसा, अच्छी शिक्षा के मार्ग में बाधक है।

धैर्य ही समय को जीतता है और अज्ञान को भी। जिस तरह से सुई में तुम धागे को धीरे-धीरे पिरोती हो वैसे ही समय चुपचाप पास से गुजरता जाता है। उसे पहचानो और उसका उपयोग करो।

मानसिक द्वंद्व

शरीर की पीड़ा को तुम जानती हो इसलिए उस जगह मरहम-पट्टी कर उसका उपचार कर लेती हो। लेकिन जब मन में पीड़ा पहुँचती है तुम उस स्थान को नहीं जानती, इसलिए उसका उपचार नहीं कर पाती।

ये ही मानसिक जख्म बीच-बीच में पुरानी घटनाओं की याद दिलाकर तुम्हारे मन में टीस पहुँचाते रहते हैं। इन कारणों से अक्सर तुम अपना ध्यान पढ़ाई पर केंद्रित नहीं कर पाती। जब तक मन को अलग-अलग क्रियाओं में बाँटने वाली इस बीमारी का निवारण नहीं हो जाता, पढ़ाई में अपने आप को पूरी तरह समर्पित करना संभव नहीं होता।

अच्छा तो यह होगा कि ऐसे झगड़ों में पड़ा ही नहीं जाए और अगर ऐसी घटना हो ही जाए, तो जिन कारणों से परेशानी हो रही है उनसे समझौता कर लिया जाए। अपनी पढ़ाई को ही महत्त्वपूर्ण समझते हुए, मानसिक द्वंद्व हटाने के लिए कुछ चीजों का त्याग करना पड़े तो वो भी उचित और शांतिदायक होगा।

सृजन का श्रेष्ठ समय

जैसे एक कौआ हल्की-सी धमक से ही तुरंत उड़ जाता है और शोर मचाने लगता है वैसे ही मन थोड़ा-सा भी डरा नहीं कि ढेर सारे विचारों की बाढ़ लाकर हमें अशांत कर देता है। फिर घंटों हम परेशान रहते हैं और परेशान तथा डरे हुए मन से किसी भी चीज का सृजन नहीं हो सकता, न ही किसी तरह की पढ़ाई।

जिस समय तुम सबसे अधिक खुश होती हो, वही सृजन का श्रेष्ठ समय है। उसी समय सब कुछ अच्छी तरह से पढ़ा जा सकता है।

परीक्षा के अंतिम दिनों में बेहद दबाव में आकर पढ़ी गई चीजें अक्सर किसी काम की नहीं होतीं। बल्कि जो हमारी सामर्थ्य है यानी जिन चीजों को हम अच्छी तरह से लिख सकते थे, उन पर भी यह दबाव की स्थिति बुरा असर डालती है।

विशाल से विशाल चीजें

रात में हमारी गतिविधियाँ सिमटकर छोटी हो जाती हैं। लैंप के प्रकाश में किताबें सामने होती हैं और अकेली तुम। एक प्रेम चल रहा होता है—दोनों के बीच। किताबें किसी तरह से भी तुम में प्रवेश चाहती हैं और तुम भी उन्हें हृदय में बैठा लेना चाहती हो। कुछ घुल रहा होता है तुम्हारे अंदर हर पल।

इस वक्त थोड़ी-सी भी आवाज तुम्हें बहुत कष्ट पहुँचाती है। ज्ञानार्जन अधिक संतुष्ट करता है। हमें लगता है विशाल-से-विशाल चीजें हममें आश्रय ले रही हैं। हम स्थिर क्यों न हों फिर भी कमरे से बाहर निकलकर कितना कुछ देख पा रहे हैं।

हर बार अपना आत्मविश्वास बढ़ता हुआ और लगता है कि सुबह कभी आए नहीं। विषयों को अच्छी तरह से पढ़ना हमें इसी तरह की संतुष्टि देता है।

आधुनिक काल में

आधुनिक काल में समय का महत्त्व बहुत अधिक बढ़ गया है। नये साधनों की वजह से थोड़े-से समय में ही हम बहुत सारे काम कर पाते हैं।

पहले की तरह कहीं आने-जाने में या कोई उत्तर पाने के लिए हमें अधिक इंतजार नहीं करना पड़ता। इसलिए एक समय में पहले से बहुत अधिक कार्य किये जा सकते हैं।

जब-जब इस तरह के नये साधन जन्म लेते हैं, हमें काम करने के ढंग में भी परिवर्तन करना पड़ता है। जो जमाना सामने है, किताबें उसी के आधार पर लिखी जाती हैं। इसलिए समय के बदलने के साथ इनका नया या पुराना होना स्वाभाविक है।

एक कला छुपी होती है

हर चीज में एक कला छुपी होती है। साधारण पत्थर भी अच्छी तरह से तराशे जाने के बाद अच्छी कलाकृति बन जाता है। जिस पाठ को कलात्मक तरीके से पढ़ाया जाता है वह बेहद रुचिकर होकर हमेशा हमारी यादों में रहता है।

कहा जाए तो पढ़ाई भी एक कला है और जिस शिक्षा को इसके कलात्मक पक्ष को निखारे बिना समझाया जाता है वह अधूरी ही रहती है।

प्रत्येक शिक्षा को कलात्मक रूप से समझ लेने के बाद इसके इस्तेमाल का दायरा काफी बढ़ जाता है। इससे छात्रों में मौलिक ढंग से सोचने की प्रवृत्ति आती है और पढ़ाई के साथ-साथ व्यक्तित्व का विकास भी होता रहता है।

पूर्ण संकल्प के साथ

बिना सोचे-समझे चील कभी झपट्टा नहीं मारती है। काफी पहले, ऊँचाई पर ही वह ठान लेती है कि उसे क्या प्राप्त करना है। और अपने दृढ़ इरादे से, तेजी से उतरती है जमीन पर।

इसी तरह से तुम्हें भी काफी पहले से तय कर लेना होगा, कि कौन-से विषयों को लेकर पढ़ना है तुम्हें।

जो अच्छे छात्र हैं वे अपनी रुचि अच्छी तरह से जानते हैं एवं उन्हें विषयों को चुनते समय दूसरों पर आश्रित नहीं रहना पड़ता। लेकिन जो मध्यम किस्म के छात्र हैं उन्हें दूसरों के निर्णय पर भी आश्रित रहना होता है।

चील नहीं पूछती किसी से कि किसे छोड़ा जाए और किसे खाया जाए। सब कुछ निश्चित होता है। सभी चीजों में जोखिम है, सफलता या असफलता का भय है। लेकिन जब भी कदम बढ़ाए जाएँ तो ऐसा लगे कि वे अपने पूर्ण संकल्प के साथ बढ़े हैं, जिसे झपटना है, उसकी ओर तेजी से बढ़ रहे हैं। तभी सफलता मिलेगी।

योग्य शिक्षक

एक योग्य शिक्षक अक्सर सारे बच्चों पर अपनी नजर रखता है तथा उनके चेहरों के भाव पढ़कर उनकी समस्याओं का समाधान खुद भी कर देता है। लेकिन जो छात्र खुलते नहीं या पढ़ाई में जरा भी दिलचस्पी नहीं दिखाते—उनके लिए कुछ भी कर पाना मुश्किल होता है।

शिक्षक का अक्सर होनकार छात्रों पर या वैसे छात्र जो सचमुच कुछ जानने में अधिक रुचि रखते हैं, उन पर विशेष प्रेम होता है। जो छात्र कक्षाओं में किसी-न-किसी माध्यम से सबका ध्यान खींचते रहना चाहते हैं वे सक्रिय छात्र होते हैं। उन्हें ही अक्सर विद्यालय की अन्य गतिविधियाँ जैसे मॉनीटर, नाटक-मंचन, खेलकूद या ऐसे ही दूसरे कामों में अवसर दिया जाता है।

जो छात्र लीक से हटकर अपने शिक्षक से विषयों के बारे में नये-नये प्रश्न पूछता है, समझो वही सबसे होनहार एवं जिज्ञासु छात्र है। उसके नये प्रश्न कभी-कभी शिक्षकों को भी मुश्किल में डाल देते हैं।

वे सुदृढ़ बने रहें

मैं मानता हूँ कि इतनी लंबी पढ़ाई तुम्हें एक कठोर बंधन में बाँध देती है, लेकिन ऐसा सचमुच होता नहीं है। इस कठोरता का अंतिम परिणाम बेहद सुखद और तृप्ति देने वाला होता है।

पेड़ पर जब पहली बार फल आते हैं, वह उनके बोझ से झुक जाता है, लगता है जैसे उसे तकलीफ हो रही हो लेकिन धीरे-धीरे वह स्थिर होकर अधिक-से-अधिक फल देने लगता है।

इस दुनिया में सारे काम इसी तरह से किये जाते हैं और वे हमें लाभकारी नतीजों तक ले जाते हैं। एक पिता अपने बच्चों को जमीन पर स्थापित करना चाहता है ताकि उनकी अनुपस्थिति में भी वे सुदृढ़ बने रहें।

तुम्हारी मौजूद बुद्धि को

छोटे-छोटे रास्ते गाँव की तरफ ले जाते हैं और लंबे रास्ते शहरों की तरफ। गाँव बेहद छोटा लगता है, ऐसा महसूस होता है, जैसे बहुत कम होगी यह विभिन्नता। लेकिन ऐसा दूर से देखने से लगता है, जबकि ऐसा होता नहीं। यह ठीक वैसा ही है जैसे किसी हवाई जहाज से हम नीचे की ओर देखें तो सिर्फ धरती-ही-धरती नजर आती है लेकिन सच्चाई में होता है बहुत कुछ।

गाँव के लोग भी अपने सीमित साधनों में तरह-तरह के काम करते हैं, जैसे कपड़े बुनना, मिट्टी के सामान तैयार करना, फसल उगाना, शहद तैयार करना, बाँस की कलाकृतियाँ तैयार करना आदि। धीरे-धीरे ये छोटे-छोटे साधन ही कोई बड़ा आकार ले लेते हैं, जैसे छोटे-छोटे गाँव ही शहर का और गाँव के लोग ही बाद में शहरी हो जाते हैं।

इस तरह से तुम्हारी बुद्धि को भी क्रमशः बड़ा आकार लेना होगा ताकि वह आधुनिक हो जाए तथा देश-विदेश में मौजूद यंत्रों एवं उनकी प्रणाली को समझ सके और फिर कुछ नया कर सके या मौजूदा प्रणाली का अनुसरण कर अपने होने की सार्थकता सिद्ध कर सके।

वर्णमाला के अक्षर

ये वर्णमाला के अक्षर अपना कोई अर्थ नहीं रखते, लेकिन जब इन्हें आपस में मिलाया जाता है तो शब्द बन जाते हैं और वे भी अनेकों अर्थों वाले। फिर इन शब्दों को जोड़कर कभी कविता, तो कभी कहानी या फिर उपन्यास लिखे जाते हैं। इस तरह इनमें अलग-अलग तरह के भाव पैदा होकर इनका दायरा असीम हो जाता है।

समय के साथ-साथ शब्दों को सजाने का ढंग भी बदलता रहता है यानी नयी-नयी तरह की भाषा जन्म लेने लगती है। इसलिए पुरानी लिखी किताबों एवं नयी लिखी किताबों में फर्क मालूम होता है।

दिशा

हर चीज को आगे बढ़ने के लिए एक दिशा चाहिए। बिना सही दिशा के चीजें भटकती रहती हैं। जो सही दिशा में चल पाते हैं, वही सही काम कर पाते हैं। जैसे घड़ी की सुइयाँ अपनी धुरी से जरा-सी भी इधर-उधर हुईं तो किसी काम की नहीं रहेंगी।

पेड़ों को दिशा दिखाता है सूरज, इसलिए वे उसी की ओर बढ़ते हैं। भेड़ों के झुंड में सबसे आगे चलने वाली भेड़ जिधर चलती है, बाकी की भेड़ें भी उसी का अनुसरण करती हैं।

ऐसी दिशा शुरू से ही शिक्षकों या उनके तुल्य लोगों से मिलती है। धीरे-धीरे तुम भी इन चीजों से अच्छी तरह से परिचित हो जाती हो और अपनी इच्छानुसार अपनी दिशा निर्धारित करती हो।

समझ

कई चीजें जिन्हें तुम बिल्कुल पढ़ना नहीं चाहती थी, वे कुछ दिनों बाद जब तुम्हारे हाथ में आती हैं। उन्हें पढ़ते ही तुम्हें लगता है, कि तुम उन्हें अच्छी तरह से समझ सकती हो। इसमें तुम्हारी दिलचस्पी जागृत हो जाती है। ऐसा समझ का विकास होने पर होता है।

जिसे भी धीरे-धीरे परिपक्वता प्राप्त हो रही है वह कठिन चीजों की तरफ भागेगा ही। वह ज्ञान की सर्वश्रेष्ठ ऊँचाइयों को पाना चाहेगा, चाहे इसमें कितनी भी मुश्किलें क्यों न आयें। यह ज्ञानप्राप्ति सुखद घटना है और जो सबसे सुंदर है, उसकी तरफ ही इसका बहाव है।

साधन की परख

कमजोर रस्सी के सहारे अगर कोई ऊपर चढ़ रहा है तो निश्चित है वह गिरेगा ही। अगर तुमने एक कठिन और ऊँचा मार्ग चुना है, परन्तु वहाँ तक जाने के अच्छे साधन नहीं हैं तुम्हारे पास, तो तुम्हारे साथ भी ऐसा ही होगा।

रास्ते के बीचोबीच लगेगा जैसे बहुत सारा समय व्यर्थ में खर्च हुआ, क्योंकि पूरी तैयारी नहीं थी मंजिल तक पहुँचने की। लेकिन तब तक देर हो चुकी होती है। अत: जब सही मार्ग समझ में नहीं आये, उस वक्त दूसरों से राय ली जा सकती है। स्वयं जो साधन तुम्हारे पास हैं उनकी पूरी जाँच होनी चाहिए ताकि तुम समझ सको कि ये कितनी दूरी तक तुम्हारा साथ देंगे।

निराशा

निराशा ऐसी स्थिति है, जिस क्षण हमें लगता है कि हम कुछ भी नहीं कर पायेंगे। हमारी सारी सामर्थ्य काल्पनिक रूप से क्षीण हो जाती है। ऐसा महसूस होता है जैसे सारी विपरीत परिस्थितियाँ हमें रोक देना चाहती हैं, आगे बढ़ने से। हम अपना आत्मविश्वास इतना खो चुके होते हैं कि ठीक से खड़े भी नहीं रह पाते।

यह ऐसी ही स्थिति है, जो पतझड़ के बाद एक पेड़ की होती है। कोई रौनक नहीं, कोई उत्साह नहीं। लेकिन धीरे-धीरे सब कुछ वापस लौट आता है। सिर्फ हिम्मत से कुछ दिन गुजारने होते हैं। ऐसे समय में तुम्हें भी धैर्य रखना चाहिए। इसे भी अशुभ शक्तियों के साथ हो रही लड़ाई ही समझना चाहिए।

अपनी पसंद

एक पक्षी कहीं भी अपने घोंसले बना सकता है लेकिन वह चुनता है अपने लिए सबसे अच्छा पेड़ तथा उसकी सबसे सुविधाजनक डाली और बनाता है वहीं पर घोंसला। इन सारे पक्षियों की पसंद और समझ अलग-अलग होती है, शायद इसीलिए सिर्फ एक पेड़ पर ही नहीं बनाये जाते सारे घोंसले। वे फैले होते हैं, बहुत सारे पेड़ों पर।

इस तरह से ही लोगों की रुचि एवम् पसंद अलग-अलग होती हैं। हमें उनका आदर करना चाहिए। कभी-कभी हमें लगता है कि हम जो कार्य कर रहे हैं केवल वही स्तर का है, बाकी दूसरों का नहीं। ऐसी सोच बिल्कुल गलत है। इस पृथ्वी में बहुत सारी विभिन्नताएँ हैं और उनका पूरा महत्त्व है तथा वे जानने योग्य हैं।

तुम्हारी थकान बताती है

एक पुल को बनाने में वर्षों लग जाते हैं। एक वृक्ष कई वर्षों के बाद फल देना शुरू करता है। लेकिन इस बीच उनका काम चलता रहता है। तुम्हारी थकान बताती है कि आज तुमने अच्छी तरह से अपना काम किया है। तिनके भी बहते-बहते समुद्र तक पहुँच जाते हैं।

तुममें गति हो तो तुम्हें कोई नहीं रोक सकता। इस संसार की सारी शक्तियाँ-तुम्हारी मदद के लिए तैयार हैं, उनका लाभ लो। एक छोटी-सी मेज पर बैठकर भी बड़े-बड़े आविष्कार हो जाते हैं। कभी-कभी एक कड़ुवा शब्द भी प्राणघातक बन जाता है और बड़े-बड़े अस्त्र भी पड़े रहकर जंग के शिकार हो जाते हैं।

शतरंज के खेल की तरह विश्लेषण करके सारे पाठों को समझा जाता है। जब सारी इंद्रियों को एक ही काम की दिशा में लगाया जाता है, तो इसे एकाग्रता कहते हैं। यही परिश्रम है जो निर्धारण करता है मिलने वाले फल का और प्रत्येक परिश्रम खत्म होने पर छोड़ जाता है—एक सुखद अनुभूति हमारे साथ।

प्रेरणा

इस संसार में मौजूद सारी चीजें हमें प्रेरणा देती हैं। काँटों से प्रेरित होकर हमने कपड़ा सिलने की सुइयाँ बनाईं या ऑपरेशन के अस्त्र। वैसे ही वृक्ष के बड़े-बड़े तनों से प्रेरणा पाकर घर के स्तंभ। पक्षियों को उड़ते देखकर हमारे मन में भी उड़ने की कल्पना आयी होगी आदि-आदि।

किसी भी वस्तु में जो गुण हैं या उनके कार्य करने का ढंग, उसकी प्रवृत्ति जान लेने पर उससे दूसरी चीजों को बनाने एवं समझने में लाभ मिलता है।

जैसे तुमने लोहे को अच्छी तरह से समझ लिया है तो फिर उससे बनी बड़ी-बड़ी चीजों को देखोगी तो केवल उनके आकार-प्रकार में भिन्नता पाओगी और उनकी सारी बनावट दिमाग में बैठा लोगी। जैसे लोहे से गिलास बनता है, छड़ें बनती हैं, मशीनें बनती हैं, तार बनते हैं आदि-आदि। सबमें लोहा एक होता है, लेकिन उनके स्वरूप में फर्क हो जाता है।

विजय

बच्चे के जन्म लेते ही माँ के हाथों में कुछ नया आ जाता है, जो उसके शरीर का ही टुकड़ा होता है। लेकिन उसके बाहर आ जाने से उसे अद्भुत खुशी मिलती है। संसार की छुपी चीजें इसी तरह से धीरे-धीरे अपना मुँह खोलती हैं। धीरे-धीरे धूप अपना रंग बदलती है और धीरे-धीरे नाव अपनी गति। संगीत को धीरे-धीरे साधना होता है और कला सिर्फ छू लेने भर से नहीं सीखी जा सकती।

जब किसी गहराई को जानना होता है तो पहले अँधेरे के भय को हटाना होता है, फिर पूरा विश्वास है कि उस चीज को हम पा ही लेंगे। फिर धीरे-धीरे आगे बढ़ना होता है। इसी तरह से पाते हैं हम सारी चीजों पर विजय।

सुन्दर लिखावट

कई बार तुम देखती होगी कि लोगों की लिखावट अच्छी नहीं है, कुछ भी पढ़ा नहीं जा सकता है, जो पढ़ा भी जाता है वह बेहद मुश्किल से।

यह इसलिए होता है क्योंकि वर्णमाला के अक्षर 'क' को लिखते समय वे इसकी सीधी रेखा को कुछ टेढ़ा कर देते हैं एवं दूसरी वाली रेखा, जो सीधी रेखा के ऊपर लिखी जाती है, उसे पिचका देते हैं, यानी वर्णमाला के अक्षरों के स्वाभाविक स्वरूप को विकृत रूप में बदल देते हैं, इसलिए ये अक्षर भद्दे दिखाई पड़ते हैं। जैसे कि कोई बालों को उलझाये हुए, बिना नहाये-धोये गंदा-सा चेहरा दिखाता रहे।

अत: लिखावट ऐसी होनी चाहिए, जैसे साफ-सुथरा खिला हुआ चेहरा। ऐसा अभ्यास प्राय: बचपन में ही किया जाता है लेकिन बाद में भी अगर सतर्कता बरती जाए तो लिखावट सुंदर हो सकती है।

अपने ज्ञान की जाँच

समुद्र को भी लगता है कि यह सूरज मेरा है, नदी को भी लगता है कि यह उसका है और तालाब को भी कि यह मेरा है, क्योंकि यह उन सब में एक साथ प्रतिबिंबित होता है। जबकि सूरज इनमें किसी में भी नहीं होता। वह आसमान में है।

कई बार तुम सोचती होगी कि तुम सब कुछ जानती हो। लेकिन शायद तुम कम ही जानती हो, केवल दृढ़तापूर्वक तुमने अधिक जानने का विचार अपने मन में बैठा लिया है। इसलिए अपने ज्ञान पर थोड़ा शक करो तथा स्थिरतापूर्वक उसकी जाँच भी।

लेने का तरीका

इस दुनिया में जितनी भी चीजें बनायी जाती हैं वे सबके लिए होती हैं। लेकिन उनमें से कुछ लेने का तरीका सबका अलग-अलग होता है। एक पक्षी के लिए बगीचे में सिर्फ एक तिनका ही उसके काम का होता है, मधुमक्खियों के लिए रस, मनुष्यों के लिए फल तथा फूल और बच्चों के लिए तितलियाँ।

लेकिन एक लेखक अपने लेखन में वहाँ मौजूद सारी चीजों से रिश्ता जोड़कर उनका उपयोग कर लेता है। तुम्हें भी ऐसी ही आँखें और सोच विकसित करनी चाहिए, जो सारी चीजों को इसी तरह से देखें, समझें और महसूस करें।

अवसर

जब अच्छा संगीत बजने लगता है तो अपने आप पाँव थिरकने लगते हैं। सुबह होते ही पक्षी उड़ान भरने लगते हैं। ऐसी ही मन की स्थिति होती है जब वह ज्ञान अर्जन के लिए प्रेरित हो जाता है। उस समय सारी चीजों को छोड़कर, उसकी एक ही इच्छा होती है, ज्ञान अर्जन की यानी अच्छा पढ़ने एवं सीखने की।

लेकिन प्रेरणा के स्रोत जब तुम्हें जगाते हैं और तुम उनकी ओर तनिक भी ध्यान नहीं देकर आलस्य में उलझी रहती हो तो सब कुछ लुप्त हो जाता है। अत: ऐसे अवसर हाथ से जाने नहीं देने चाहिए। बल्कि उनकी तलाश करनी चाहिए एवं उपयोग भी।

सिर्फ नकलची कहलाते हैं

हू-ब-हू तुम्हारे नाम या बातों की नकल करने वाला तोता बुद्धिमान नहीं होता, न ही तुम्हारी लगायी हुई टोपी को छीनकर अपने सिर पर पहनकर इतराने वाला बंदर। ये सिर्फ नकलची कहलाते हैं। अत: अपने में जो कुछ है उसमें उसके मौलिक रूप में ही निखार लाओ।

प्रत्येक चीज को अपनी तरह से देखो, उन्हें अच्छी तरह से समझो, अच्छी तरह से लिखो और जब कुछ अच्छी चीजें बनती हैं तो तुम्हारी उन्नति निश्चित है।

नकल करके कुछ भी नया नहीं पाया जा सकता, बस उसके सहारे अपने आप को छुपाया जा सकता है। परंतु मैं चाहता हूँ कि तुम छुपो नहीं, प्रज्वलित करो अपने आपको और तुम्हारा तेज चारों ओर दिखाई दे।

उसे जगाये रखो

जब कहीं आग लग जाती है, सबसे पहले मनुष्यों को बचाने की कोशिश की जाती है, फिर बाकी चीजों को। इससे समझ सकती हो कि मनुष्य जीवन का कितना अधिक महत्त्व है। मनुष्य ही पृथ्वी पर सबसे बड़ा बुद्धिजीवी है जो कुछ-न-कुछ नया करने का प्रयत्न करता रहता है। इसलिए अपने में जो भी खास बातें हैं तथा जिनके कारण तुम मनुष्य हो, उन्हें पहचानो। ताकि तुम महसूस कर सको कि तुम्हारे पास इतने सारे गुण हैं।

कलम अगर मेज पर पड़ी रही, तो प्लास्टिक का टुकड़ा भर थी। लेकिन जब इससे लिखा गया तो यह महत्त्वपूर्ण चीज बन गयी। इसलिए अपनी उपयोगिता को सुलाकर मत रखो। उसे जगाये रखो।

शक्ति को केंद्रित करो

जब पेड़ों पर फल आते हैं, तो पेड़ का सारा ध्यान उन्हें बड़ा एवम् स्वादिष्ट बनाने में लग जाता है। जैसे ही वे फल तोड़ लिये जाते हैं, पेड़ अपनी शाखाओं को बढ़ाने एवं मजबूत करने में अपना ध्यान लगाने लगते हैं।

कोई भी शारीरिक कार्य करते समय हाथ-पाँव, कान-आँखें दिमाग आदि सभी एक साथ लगे होते हैं। लेकिन पढ़ते वक्त वे अपनी सारी शक्ति पाठ को समझने में लगा देते हैं। तुम जितना ही अपनी शक्ति को इस तरह से पुस्तकों पर केंद्रित करोगी उतना ही अधिक लाभ मिलेगा।

मार्ग निकाल लेने के बाद

परीक्षा देते समय सबसे पहले आसान प्रश्नों को हल किया जाता है, फिर धीरे-धीरे कठिन प्रश्नों को। इसी तरह से अपना पाठ याद करते समय सबसे आसान चीजों को पहले समझना होता है, फिर उसी समझ के सहारे कठिन चीजों को।

सारे पाठ एक आधार पर खड़े होते हैं। जिन्हें जाने बिना दूसरी चीजों को समझना बिल्कुल मुश्किल है। लेकिन इस क्रिया में विषयों के संबंध में अत्यधिक रुचि बनाए रखना बेहद जरूरी होता है। एक बार मार्ग निकाल लेने के बाद फिर कहीं भी कठिनाई नहीं होती।

अच्छे अनुभवों का मूल्य

मैं अब भी जब कभी अपने पुराने विद्यालय की ओर देखता हूँ तो लगता है कि मेरे जैसे कितने ही छात्र यहाँ आए होंगे और पढ़ाई खत्म करके चले गए होंगे। मुझे इस विद्यालय में बिताया हुआ हर खूबसूरत क्षण याद है और दूसरे छात्र भी होंगे जो यहाँ से पढ़कर विदा हुए हैं, उन्हें भी यह सब याद होगा।

इस तरह से तुम देखोगी कि हजारों बच्चे ऐसे हैं जो एक ही जगह पढ़ने पर भी अलग-अलग अनुभव रखते हैं। इसलिए उन सभी के अच्छे अनुभवों का मूल्य है। लेकिन सभी अपने अनुभवों को खुले दिल से सबके सामने नहीं रख पाते, फिर भी जो अपने अनुभव संस्मरण के रूप में किताबों के द्वारा सबके सामने रखते हैं, उन्हें पढ़ना दूसरे लोगों को समझने जैसा है।

मन:स्थितियाँ

रेगिस्तान में ऊँट पर बैठकर यात्रा की जाती है और दुर्गम पहाड़ों के सँकरे रास्तों पर घोड़ों की पीठ पर बैठकर। इसी तरह से अलग-अलग विषयों को अपनी भिन्न-भिन्न मन:स्थितियों के सहारे समझना या पढ़ना होता है।

अगर तुम गणित पढ़ रही हो, तो तुम्हें विश्लेषण करने वाली बुद्धि का सहारा लेना होता है और इतिहास पढ़ते समय मन को पुराने जमाने में ले जाना होता है, उसी तरह विज्ञान पढ़ते समय इस युग की मौजूद सारी चीजों पर ध्यान केंद्रित करना होता है। धीरे-धीरे परिस्थितियों के अनुसार हमारा दिमाग विषयों को पढ़ते ही उनके अनुसार ही तालमेल बैठा लेता है, जैसे गाने के अनुसार वाद्य यंत्रों में हाथ ऊपर-नीचे होने लगते हैं।

संतोषपूर्ण रात्रि

शुभ रात्रि! रात्रि तुम्हें विदा। जब सोने के पहले इस तरह के भाव अपने आप तुम्हारे मन में आते हैं तो लगता है कि आज का दिन अच्छा रहा। बहुत सारी उपलब्धियाँ मिलीं। यानी पहले से अधिक अच्छी तरह से चीजों को समझा गया और जो भी कार्य किये गये वे निष्ठापूर्वक किये गये, अत: संतोष हुआ। फिर यह संतोषपूर्ण रात्रि काफी आरामदायक होती है। कल फिर से तुम नयी होकर आती हो, हर नयी चीज में हाथ लगाती हो।

प्रतीक

आम की गुठली को देखकर ही उसके वृक्ष की पूरी आकृति याद आ जाती है या किसी देश का लहराता हुआ झंडा देखकर उससे संबंधित सारी बातें मन में विचारों के रूप में गुजरने लगती हैं। इस तरह से इस दुनिया में जो भी चीजें हैं वे बहुत सारी दूसरी चीजों से भी जुड़ी होती हैं।

हर चीज बहुत सारी चीजों का प्रतीक है जैसे कलम भर कहने से कागज, स्याही, पुस्तकों के चित्र उभरकर सामने आ जाते हैं। इस तरह के प्रतीक किसी भी पाठ के नोट्स बनाने में मदद करते हैं।

विचारों को खुला और विस्तृत रखो

हर चीज जो मौजूद है उसका एक इतिहास होता है तथा उससे जुड़ी बहुत-सी बातें भी। धीरे-धीरे थोड़ा-थोड़ा करके ऐसी बहुत सारी चीजों को जाना जा सकता है। कई बार एक ही विषय को अलग-अलग पुस्तकों का अध्ययन करके बहुत सारी नयी जानकारियाँ इकट्ठी कर ली जाती हैं और नया लेख तैयार हो जाता है।

हमें कभी भी अपने ज्ञान को सीमा में नहीं बाँधना चाहिए। अपने विचारों को हमेशा विस्तृत और खुला रखना चाहिए। जैसे एक पतंग के उड़ने का कोई निश्चित मार्ग नहीं होता, वह कहीं भी उड़ सकती है और वापस लौट सकती है।

पत्र

पत्रों में हमारी गहरी निजी भावनाएँ छिपी होती हैं। वे गाढ़े शहद की तरह हैं। एक सैनिक ही पत्रों का महत्त्व जानता है या कोई प्रेमी। इन पत्रों को व्यर्थ की चीज नहीं समझकर मन बहलाने का सशक्त साधन मानना चाहिए।

जो मित्र तुमसे बिछुड़ गए थे उनसे भी पत्रों के द्वारा संपर्क बनाये रखा जा सकता है। ये पत्र कभी भी कामचलाऊ नहीं होने चाहिए बल्कि पूरी तन्मयता से लिखे होने चाहिए। एक पत्र में तुम अपने मन की पूरी बातें कह सकती हो और तुम्हारा पत्र मिलने पर दूसरे भी उसी के अनुरूप तुम्हें पत्र लिखते हैं। एक अच्छा पत्र प्राय: जिन्दगी भर हमारे साथ रहता है एवं उसे बार-बार पढ़ने से सुख मिलता है।

ज्ञान की सँभाल

फसल बोने के बाद भी डर लगा रहता है कि कहीं उसके अंकुरित होते छोटे-छोटे पौधों को चिड़िया खा नहीं जाएँ या फसल के दानों को कीड़े चट न कर जाएँ या रातोंरात चोर इसे चोरी करके न ले जाएँ। प्रतिदिन की निरंतर सुरक्षा के बाद हमें हासिल होता है अन्न। हमारे ज्ञान को भी इसी तरह सँभालकर रखना पड़ता है किसी कवच जैसी सुरक्षात्मक व्यवस्था से। जैसा कि हर घड़ी के ऊपर एक काँच लगा होता है।

हम हर अच्छी या बुरी चीज को देख सकते हैं। लेकिन सभी में हमारे दिमाग को लिप्त नहीं होने देना है। केवल अपने काम से मतलब रखने वाली जानकारियों को ही गहरी याददाश्त में रखना है, अन्य को नहीं। इस तरह का हमारा संयम ही हमारी सोच में आने वाली विकृतियों से हमें बचाए रखता है।

अपनी झोली को फैलाओ

अगर एक नदी अपने तट को रुका हुआ देखती रहती, तो खुद क्या भी रुक नहीं जाती? यह हवा तो बिना थके परिश्रम करती रहती है। अगर सभी अंधकार का ही अनुसरण करते, तो प्रकाश कौन फैलाता? इसलिए वैसी चीजों की तरफ मत देखो जिनमें स्थिरता आ गयी है और जो जीवन में निराशा का संचार करती हैं।

तुम्हारे मन को छूने के लिए असीम चीजें हैं। अपनी झोली को इतना अधिक फैलाओ कि सब कुछ समा जाने के बाद भी खाली बच जाए, इसका कोई-न-कोई कोना।

बचाव के उपाय

सारी चीजें पूरी होने में समय लेती हैं। बर्फीले पहाड़ों के थोड़े-से ही हिस्से गर्मी में पिघल पाते हैं जब तक वे पूरे पिघले, उसके पहले ही सर्दियाँ आ जाती हैं और वे पूर्ववत् बने रहते हैं।

इसी तरह से मुसीबतें हमें पूरी तरह से निगल जाएँ उससे पहले ही उनसे बचाव किया जा सकता है। इसलिए गलतियाँ करने के बाद भी सँभलने के जो अवसर तुम्हें मिलते हैं उनमें सँभल जाओ। इस जिंदगी का यही नियम है। जहाँ बाधाएँ हैं, उनसे बचाव के उपाय भी हैं।

ताकि जीवन खुशहाल हो

लोहे के गर्म होने के बाद ही उसे किसी आकार में ढाला जा सकता है। मिट्टी में पानी होने पर ही वह उपजाऊ हो सकती है। इस तरह से सभी चीजों में अपने गुण होने पर भी, उन्हें जब तक दूसरी सहायक चीजें नहीं मिल जातीं, तब तक वे काम नहीं कर पातीं। जैसे घर में आटा जितना भी पड़ा हो, जब तक इसे गूँथा या पकाया नहीं जाएगा वह किसी काम में नहीं आएगा।

इसी तरह से ये सारी विधाएँ योजनाएँ तो बना सकती हैं लेकिन उन्हें कार्य में लाने के लिए फिर दूसरे लोगों एवं अन्य साधनों की मदद लेनी होती है। कुछ ज्ञान ऐसे होते हैं जो दूसरों को मानसिक रूप से शिक्षा देने एवम् उनके ज्ञान की वृद्धि में सहायक होते हैं जबकि दूसरे कुछ महत्त्वपूर्ण ज्ञान वैज्ञानिक प्रक्रिया द्वारा नयी चीजों के निर्माण में लगाए जाते हैं ताकि जीवन और अधिक सुविधापूर्ण एवं खुशहाल हो।

मूर्खता

पानी पर बहता हुआ एक तिनका पास से गुजर जाता है और हम उसकी ओर देखते तक नहीं। एक पक्षी चोंच में तिनका लेकर उड़े तो यह साधारण-सी बात है। लेकिन जब इसी तिनके में आग लग जाती है तो यह अधिक तेजी से जलना शुरू कर देता है और बहुत बड़ी सोचनीय स्थिति हो जाती है। इसी तरह होती है हमारी अज्ञानता। जब तक यह चुपचाप है किसी को कोई तकलीफ नहीं। लेकिन जैसे ही इसने कोई मूर्खतापूर्ण कार्य शुरू किया, पूरे राष्ट्र को तकलीफ होने लगी।

इसलिए साक्षरता पर जोर दिया जाता है ताकि संसार में जो विकास हो रहा है, नयी-नयी चीजें हमारे सामने आ रही हैं उनकी जानकारी सबको हो सके और सारे लोग एक साथ चल सकें तथा इन चीजों का लाभ उठा सकें।

समझने व टटोलने पर

जिस तरह से दही को मथने पर मक्खन अपने आप निकल आता है उसी प्रकार से एक पुस्तक को भी विभिन्न स्तर से समझने व टटोलने पर उसका रस हासिल हो जाता है। तुम ज्ञान से जैसे-जैसे समृद्ध होती जाती हो, वैसे-वैसे वे बहुत सारी पुस्तकें, जो तुम्हें पहले अच्छी लगती थीं, अब शायद अच्छी नहीं लगें। लेकिन जो महत्त्वपूर्ण लेखन होता है उसकी यादें हमेशा बनी रहती हैं।

आरंभिक अवस्था में

शुद्ध सोने को देखकर कोई भी पहचान लेता है, कि यह सोना है। लेकिन जब यह खनिज की अवस्था में था तब उसे पहचानना बेहद कठिन था। न ही इसका कोई उपयोग था।

इसी तरह से जो ज्ञान विकसित हो चुका है उसे तो सब पहचान लेते हैं लेकिन जब यह परिष्कृत न होकर आरंभिक अवस्था में हो तो उसे पहचानना बहुत मुश्किल होता है।

तुम्हें भी इन छुपी चीजों की पहचान करनी होगी और उन्हें चुनकर धीरे-धीरे अपने ज्ञान को परिष्कृत करना होगा ताकि कोई अच्छी चीज तैयार हो सके। यह ठीक वैसा ही है जैसा एक नये तरह के बीज के बारे में कोई नहीं जानता, लेकिन जब पूरा पेड़ निखार पर आ जाता है तो उसमें लदे फल-फूल, सभी का मन मोहने लगते हैं।

आपसी विश्वास

तुम्हारी थोड़ी-सी आवाज से ही कौए को परेशानी होने लगती है और वे दूर भागने लगते हैं जबकि चिड़ियाँ थोड़ी देर के लिए छिटककर वापस वहीं आ जाती हैं। ऐसा आपसी विश्वास के कारण होता है।

जिन पर भी हमारा विश्वास होता है, कि वे हमें हानि नहीं पहुँचाएँगे, हम खुद-ब-खुद उनके पास चले जाते हैं। जब दोनों ओर से विश्वास पक्का होता है तब दोस्ती गहरी होती है। जब आपसी विश्वास नहीं होता उस वक्त हम सतर्क हो जाते हैं कि कहीं वह व्यक्ति, हमें किसी परेशानी में न डाल दे।

सुबह की उड़ान

पक्षियों की सुबह की उड़ान कुछ अलग तरह से होती है और शाम की कुछ अलग ढंग से। इन दोनों में अलग-अलग तरह के सुख का आभास होता है। यह मौसम और जलवायु में बदलाव के कारण होता है।

भूगोल ऐसी ही चीजों के बारे में बतलाता है कि कहाँ पर किस तरह का मौसम होगा। वहाँ किस तरह की मिट्टी होगी, किस रूप-रंग के लोग होंगे, कैसे पेड़-पौधे होंगे और कैसे खनिज पदार्थ आदि। जब तुम मौसम, पेड़-पौधों, खनिज, मिट्टी एवं व्यक्ति को अच्छी तरह से समझ लेती हो तो भूगोल भी आसानी से समझने लगोगी।

उत्सव का वक्त

जब तुम जैसी एक बच्ची खुश हो, तो कितना अच्छा लगता है और तुम जैसी ढेर सारी और बच्चियाँ एक साथ खुश हों तो और कितना अच्छा लगेगा। सभी एक साथ खुश हों, तो यह उत्सव का वक्त है। खुशियों की हवा चली नहीं कि सारी डालियाँ झूमने लगीं। बारिश पानी की एक बूँद से नहीं होती अनगिनत बूँदें इसमें शामिल होती हैं। बाँसुरी बहुत सारे छेदों के कारण सुरीली होती है। अतः बहुत सारे बच्चे ही आपस में मिलकर विद्यालय की शोभा बढ़ाते हैं। इसलिए सभी बच्चों का आपस में मिलजुल कर रहना ही सबसे अच्छी भावना है।

प्रभावशाली ज्ञान

शेर को देखकर जब सारे जानवर भागने लगते हैं तो उसे अपनी ताकत का अंदाजा हो जाता है कि वह एक शूरवीर है। लेकिन यह कैसा जंगल का राजा कि कोई भी स्वयं आकर उसका ग्रास नहीं बनता बल्कि उसे ही शिकार को थकाकर पकड़ना और दबोचना होता है।

इसलिए अगर तुम्हारे पास जो ज्ञान है वह समृद्ध और ताकतवर होने पर भी जब तक लोगों के बीच प्रभावशाली नहीं होता तब तक उसकी महिमा को कोई स्वीकार नहीं करता है। इस ज्ञान को सक्रिय बनाना यानी कि उसे कारगर बनाना ही उसे प्रभावशाली बनाने जैसा है।

अच्छी शैली

यह कितने आश्चर्य की बात है कि तुम्हारी जितनी भी सहेलियाँ हैं हमेशा एक-दूसरे के मन को पढ़ती या समझती रहती हों, लेकिन तुम लोगों ने कभी एक-दूसरे के लिखने की शैली ठीक से समझने की कोशिश नहीं की होगी। केवल अपने ही उत्तर देने के तरीके में उलझी रही होगी।

जबकि तुम बहुत-से लोगों के उत्तर देने के तरीकों को पढ़कर उनमें जो विषेशताएँ हैं उन्हें समझ सकती हो और अपने लेखन की कमियों को दूर कर सकती हो। अच्छी लेखन-शैली में एक लय होती है और तथ्यों को क्रम-दर-क्रम स्पष्ट भाषा में लिखा जाता है। जब उत्तर मौलिक रूप से अच्छी शैली में लिखे जाते हैं तो वे एक तरह का नया सृजन करते हैं जो परीक्षक को अधिक अंक देने के लिए प्रेरित करता है।

पद का दायित्व

केवल तुम्हारा डॉक्टर बन जाना या आदरपूर्वक डॉक्टर कहलाना ही पर्याप्त नहीं होता, जब तक कि बहुत सारे मरीजों को तुम ठीक करके अपने आपको एक सफल चिकित्सक सिद्ध नहीं कर देतीं।

एक पद मिलने पर साथ-साथ एक दायित्व भी तुम पर आ जाता है, जिसका निर्वाह पूरी जिन्दगीभर करना होता है। एक छोटे से पेड़ की कद्र उस समय ही होती है जब उससे लोगों को छाया, फल-फूल एवं बीज मिलने लगें वरन् उसकी गिनती भी दीवारों में लगे पेड़ की तरह ही होगी जो अपने आधार को ही क्षत-विक्षत कर घरों को कमजोर करते रहते हैं।

स्मरण की क्षमता

कई बार तुम्हें लगता होगा कि एक पाठ को तुम पूरे मन से पढ़ रही हो फिर भी कोई चोर उस पढ़ाई का थोड़ा या अधिक अंश चुरा लेता है। यानी पाठ खत्म होते-होते वे चीजें दिमाग से गायब हो जाती हैं। ये गायब होने वाली चीजें पाठ के पात्र, घटनाएँ या चीजों के बारीक विवरण होते हैं, इन्हें कैद करने के लिए हमें अपने सामान्य ज्ञान, यानी जो पाठ में तो नहीं हैं, लेकिन दुनिया उन्हीं के ज्ञान के सहारे चलती है, को समृद्ध करना होगा ताकि हमारी भौगोलिक, ऐतिहासिक, गणितीय, विज्ञान, रसायन एवं मनुष्यों संबंधी समझ में परिपक्वता आये।

जैसे किसी की वेशभूषा के किसी एक अंश को भी हम याद रख लेते हैं तो व्यक्ति एवम् उससे जुड़ी बहुत सारी बातें हमारे दिमाग में रह जाती हैं। हमारा ज्यामितीय और रंगों से संबंधित ज्ञान जितना अच्छा होगा, चीजों को हम अपने में अच्छी तरह बाँध पायेंगे।

महत्त्वपूर्ण विषय

किसी पेड़ को पानी कम मिले तो उसके बहुत सारे पत्ते सूखकर गिरने लगते हैं और पेड़ सीमित पत्तों के सहारे ही कम मात्रा में प्राप्त पानी का उपभोग कर अपने को बचाये रखता है। ऐसा ही तरीका तुम्हें भी अपनाना पड़ता है जब तुम पढ़ाई पर विशेष ध्यान नहीं देती और अचानक परीक्षा के समय दबाव बढ़ने पर केवल महत्त्वपूर्ण विषयों की ओर ध्यान देती हो, इससे दूसरे कम महत्त्वपूर्ण लगने वाले विषय कमजोर पड़ जाते हैं।

लेकिन ज्ञान की दृष्टि से तो सभी विषय महत्त्वपूर्ण हैं, कौन जानता है आने वाले कल में ये विषय ही अधिक महत्त्वपूर्ण हो जाएँ। इसलिए शुरू से ही सभी विषयों पर पूरा ध्यान और समय देना जरूरी है ताकि तुम्हारी रचना एक भरे-पूरे वृक्ष की तरह हो न कि झड़े हुए पत्ते वाले कमजोर वृक्ष की तरह।

सफल व्यक्ति

तुम्हें इस बात पर शत-प्रतिशत यकीन करना होगा कि कठिन एवं दुर्गम चीजों को हल करने के बाद ही कोई सफल व्यक्ति कहलाता है। साधारण चीजों को हल करने वाला व्यक्ति हमेशा साधारण ही रह जाता है। लेकिन ये कठिन और दुर्गम रास्ते एक या दो दिन में पार नहीं किये जाते हैं, इन्हें पार करने में वर्षों की साधना करनी होती है, कठिनाइयों और मेहनत की एक बहुत लम्बी श्रृंखला से गुजरना होता है।

जो लोग रुके हुए हैं वे तालाब की तरह हैं कभी सूख गए तो कभी भर गए। कुछ भी उनके हाथ में नहीं, सिवा एक सामान्य-सा जीवन जीने के।

कठिनाई के आगे खुशी

जब भी तुम्हें चोट लगती होगी, शुरू में काफी दर्द होता होगा, लेकिन धीरे-धीरे दर्द सहने की आदत हो जाती है और फिर उतना दर्द महसूस नहीं होता। कई बार ढेर सारे विषय और पढ़ाई देखकर तुम्हारे मन में घबराहट होती होगी जैसे इनकी ओर आगे बढ़ते ही तुम जख्मी हो जाओगी, लेकिन धीरे-धीरे मन को कठोर बनाकर इनसे जूझने की ताकत आ जाती है।

कहते हैं जब तक एक सैनिक के शरीर में लड़ाई के जख्म नहीं हों उसका सैनिक जीवन अधूरा ही रहता है। जिस मार्ग का अनुसरण करने का फैसला तुमने लिया है, उसमें हमेशा कठिनाइयाँ, भय आदि पहले आते हैं और खुशियाँ धीरे-धीरे और बाद में। इसलिए इन सारे अनुभवों को कड़ी दवा की तरह पीते जाना चाहिए क्योंकि तुम्हारा मार्ग आगे बढ़ने के लिए है न कि केवल मुश्किलों को देखते रहने के लिए।

ज्ञानवृद्धि का तरीका

इस दुनिया में अधिकतर लोग एक निर्देशित पढ़ाई में ही लगे रहते हैं, वे दूसरी तरफ बहुत कम ध्यान देते हैं। यह जीविकोपार्जन के लिए हासिल किया जा रहा ज्ञान एक तरह का सीमित ज्ञान ही होता है, जबकि जिनमें वृहद ज्ञान की लालसा होती है वे अपने पैरों को इस तरह नहीं बाँधते, एक उन्मुक्त पक्षी की तरह सारी दुनिया देखते हैं।

तुम्हें भी विभिन्न तरह की चीजों एवं उनके कार्यकलापों में रुचि रखनी चाहिए तथा अपनी जानकारी को संचार माध्यमों एवं यात्राओं से बढ़ाते रहना चाहिए। अच्छे लोगों से वाद-विवाद एवं विचारों का आदान-प्रदान करना भी ज्ञान में वृद्धि का एक तरीका है।

यह बेचैनी

तुम पाओगी कि प्रत्येक व्यक्ति में एक तरह की बेचैनी होती है। चाहे वह पैसे कमाने की हो, यात्रा पर जाने की हो, सुन्दर चीजें खरीदने की हो, घर बनाने या सजाने की हो, प्रेम पाने या देने की हो, पढ़ने की हो या पढ़ा हुआ दूसरों के बताने की हो, पौधे लगाने, चित्र बनाने, कलाकार बनने, डॉक्टर बनने, ताकत हासिल करने की आदि-आदि। अनगिनत उदाहरण हो सकते हैं इसके। इन्हीं में से एक या कुछ बेचैनी को लिये हुए मनुष्य जीता है और तुम्हारी यह बेचैनी जिस दिशा में जितनी प्रबल होगी, आदमी उसी दिशा में अधिक काम करेगा।

इस बेचैनी की अधिकता ही तुम्हें पढ़ने-लिखने में अधिक सक्रिय बनाती और तुम इनके प्रति महत्त्वाकांक्षी हो जाती हो। यह बेचैनी जैसे ही कम हुई, तुम्हारी इच्छाशक्ति भी कम हो जाती है। तुम देखोगी कि एक अच्छा चित्रकार हमेशा कुछ-न-कुछ बनाने के लिए परेशान रहता है और एक अच्छा गायक हमेशा गाने के साज की ओर दौड़ता है जबकि पढ़ने वाले बच्चों की अँगुलियाँ पन्ने-ही-पन्ने पलटती रहती हैं।

सरलता

चील काफी ऊँचाई पर उड़ती है लेकिन अभी भी उसके ऊपर एक काफी ऊँचा आकाश होता है छूने के लिए। इसलिए जब भी हम सोचते हैं, कि हमने काफी कुछ कर लिया, काफी सारी सफलता प्राप्त कर ली तब भी हमारे पास प्राप्त करने हेतु इतना कुछ होता है कि जो हमने प्राप्त किया है वह नगण्य ही कहलाता है।

जब हम में यह बोध होता है कि हम ने तो अभी नगण्य दूरी ही तय की है तो मन में अहम भावना का विनाश होता है और हम सरल होते जाते हैं और एक सरल व्यक्ति ही सबसे अधिक व्यावहारिक और मिलनसार होता है। वह सामाजिक होता है, सबसे प्यार करता है और अपने ज्ञान और प्रसिद्धि का बोझ खुद सँभालकर दूसरों पर हावी नहीं होता। ऐसे सरलतम बोध ही हमारे जीवन को महान बनाते हैं।

व्यक्तित्व एवं उपयोग

नये-नये कपड़े पहनने के बाद उसी तरह के पहनावे वाले लोगों के साथ बैठना शोभा देता है। सामान्य कपड़े पहनकर सामान्य काम करने वालों के साथ या उसी तरह के पहनावे वाले लोगों के पास जाना अच्छा लगता है।

विद्वान लोगों से विद्वतापूर्ण बातें करने पर उनके समय का सदुपयोग होता है एवं उनसे मूर्खतापूर्ण प्रश्न पूछने पर उनके समय का दुरुपयोग। उसी तरह फल, उपहार या किताबें किसी जगह पर भी ले जाएँ या किसी को भी उपहार में दें सभी खुशीवश उनकी ओर देखते हैं। जबकि तलवारें और बंदूकें कहीं भी रखी हों, लोग उन्हें देखकर चौंक जाते हैं।

इस तरह से संसार में सभी चीजों का अपना व्यक्तित्व एवं उपयोग है, जब उन्हें तुम जानोगी तो तुम में चीजों को सही तरीके से इस्तेमाल करने की समझ भी आयेगी।

सतर्कता जरूरी

पढ़ाई के दौरान शिक्षक के स्वर कानों के पास आते हैं और कुछ कहकर चले जाते हैं। अगर तुमने समझ लिया तो ठीक है वरना बाद में दूसरे विकल्पों का सहारा लेना होता है।

लेकिन आश्चर्य की बात है कि तुम्हारे पास दो कान हैं, एक से बात छूटी तो कोई बात नहीं, लेकिन दूसरे कान से भी वह बात कैसे छूट गयी?

सच कहा जाए तो परीक्षा के समय तुम जितनी सतर्क होती हो, यहाँ तक कि दो-दो कलम रखती हो, वैसी ही सतर्कता की माँग कक्षा में पढ़ा रहे शिक्षक तुमसे करते हैं, ऐसा होने पर ही उनके ध्येय में सफलता मिलती है।

कार्य सम्पादन

सभी चीजों को क्रम–दर–क्रम संचालित कर कड़ी मेहनत के द्वारा पूर्ण किया जाता है। बगीचे में फूल के पेड़ लगाने के पहले जमीन को खोदकर तैयार करना पड़ता है फिर उसमें खाद डालना, बीज छिड़कना और धीरे–धीरे दवाओं के छिड़काव के बाद एक दिन हमें फूल प्राप्त होते हैं।

हमारे पास कोई ऐसी सीधी विधि नहीं है जिससे बस बीज छिड़को और फूल पा जाओ। कई अच्छे कामों की शृंखला से गुजरने के बाद ही कोई कार्य सम्पादित होता है। इसलिए तुम्हें अपने कार्य करने के तरीकों को जाँचते रहना चाहिए कि तुम्हारे कार्यों का सम्पादन क्रम–दर–क्रम हो रहा है कि नहीं ? या तुम जल्दबाजी में कोई आसान तरीका अपनाकर अपने मूल उद्‌देश्य से भटक तो नहीं रही हो ?

अपनी जड़ों को पहचानो

जो वृक्ष हृष्ट–पुष्ट नहीं होते हमेशा किसी–न–किसी बीमारी के शिकार होते हैं, फिर उनसे फल की उम्मीद रखना भी बेकार है। ऐसे वृक्षों की जड़ें अवश्य ही कमजोर होती हैं। उनके चारों ओर सड़ता हुआ पानी भरा रहता होगा या चूहों के बिल या कीड़ों की भरमार होगी। इस तरह के कई कारणों से वे अपने मूल स्थान से ही कमजोर होने के कारण सही रूप से बढ़ नहीं पाते।

अतः यह हमेशा जरूरी है कि तुम अपनी जड़ों को पहचानो और पहचानो कि तुम्हारा मूल स्थान कहाँ है, जहाँ से ज्ञानार्जन के भाव, जिज्ञासा, मेहनत के लिए प्रेरणा एवं शरीर को स्वस्थ रखने की इच्छाओं का आरंभ होता है। अगर वह स्थान तंदुरुस्त है तो फिर सब कुछ अपने आप ठीक होता जाएगा।

सही मूल्यांकन

कुछ प्रश्नों से तुम्हारे ज्ञान की गहराइयों को नापना बिल्कुल असंभव है। परीक्षा में जो प्रश्न पूछे जाते हैं अगर तुम उनका ठीक तरीके से उत्तर दे देती हो तो अच्छे अंक प्राप्त हो जाते हैं किन्तु सारी तैयारी के बावजूद अगर परीक्षा में ऐसे प्रश्न पूछे गए जिनकी तुम्हारी तैयारी कम थी तो अंक कम आना स्वाभाविक ही है।

लेकिन सिर्फ परीक्षाफल के अंकों के आधार पर ही किसी के ज्ञान को सीमित मान लेना उचित नहीं होगा। अंक कम आने पर भी हो सकता है उसके पास ज्ञान बहुत सारा हो, यह संयोग मात्र था कि कम तैयारी वाले प्रश्न परीक्षा में आ गए।

एक शिक्षक को परीक्षाफल जाँचते समय छात्र द्वारा दिये गए उत्तर में उसके लिखने का तरीका, विषय के बारे में उसकी समझ, थोड़े से विवरण लेकिन उनमें छुपी हुई गंभीरता, सोच में सफाई आदि बातों पर अधिक ध्यान देना चाहिए ताकि एक छात्र का सही मूल्यांकन हो सके।

परिपक्वता की ओर

शिक्षक तुम पर हर दिन शिक्षा के बीज छिड़ककर एक अच्छी फसल तैयार करने की कोशिश करते हैं। तुम उनके लिए एक उपजाऊ मिट्टी हो, आधार हो और तुम्हें उनके द्वारा सौंपे गए कार्यों को पूरा करना है। जैसे एक बीज को बोने के बाद जमीन में उसके फूटने एवं बढ़ने की प्रतिक्रिया चलती है, ठीक वैसी ही तुम्हारे भीतर भी। ये रोज के शैक्षणिक व्याख्यान तुम पर प्रतिक्रिया उत्पन्न करते हैं जिससे तुम अपनी नवीन और पूर्व की समझ से कुछ नये का निर्माण करती जाती हो। हर चीज जो तुम देखती हो, सुनती हो, या किसी भी माध्यम से ग्रहण करती हो, सभी की प्रतिक्रिया के फलस्वरूप कुछ–न–कुछ नया तैयार होता रहता है। यही परिपक्वता की ओर बढ़ने का मार्ग है।

आलस्य की अवस्था

एक आलसी आदमी चुपचाप बैठा व्यर्थ के चिंतन में लगा समय को बीतते देखता रहता है। उसके पास बल होते हुए भी वह अपने आपको इतना बलहीन महसूस करता है जैसे उसकी देह हाथी हो। जब दिमाग की दौड़ से वह थक जाता है तो सो जाता है और जगा भी रहा तो नजरें केवल टी.वी. पर होती हैं। किताबों की ओर नजर पड़ती है तो मुँह मोड़ लेता है, जैसे ये नींद में अपना कोई कोना चुभा रही हों।

कुल मिलाकर यह वैसी स्थिति है जब एक बड़े पत्थर को मूर्ति बनाने के लिए लाकर रखा तो गया लेकिन कभी तराशा नहीं गया। तुम भी आलस्य की अवस्था में अपने आप को कुछ इसी तरह कर लेती हो। केवल समय का नुकसान और किसी भी तरह के काम का न होना सिर्फ अपने आप को नष्ट होते हुए चुपचाप देखते रहना भर है।

सुदृढ़ ज्ञान

जब तुममें साहस नहीं है, आत्मविश्वास नहीं है, जो बोलना चाहती हो वह तय नहीं है, जो बोलना चाहती हो उसमें कोई सुदृढ़ आधार नहीं है, सामने वाले से घबराती हो, जिस विषय पर बात करनी है उसका ज्ञान अधूरा है, तो फिर तुम्हारा बातचीत करते समय लड़खड़ाना या बातों को ठीक तरीके से दूसरों तक पहुँचा न पाना स्वाभाविक है।

जब टॉर्च में बैटरी नयी होती है तो वह प्रकाश को भी तेजी से सामने वाले की ओर धकेलती है। वैसे ही तुम्हारा ज्ञान मजबूत है तो उसका वेग भी सामने वाले के चेहरे पर स्पष्ट रूप से पड़ता दिखाई देगा वरना नहीं।

उपहार

एक प्रेमी अपनी प्रेमिका के लिए सबसे सुन्दर आकार वाला फल चुनकर लाता है, एक बच्चा अपनी माँ के लिए रोटी सेंकने का चिमटा, परिवार का अभिभावक गिनकर सारे सदस्यों के लिए मिठाइयाँ और जो अपने मस्तिष्क से प्रेम करते हैं, लाते हैं खरीदकर अच्छी किताबें।

जो जिस तरह से और जिससे प्रेम करता है, उसी के अनुसार उपहार भी लाता है। सुन्दर-सुन्दर लिखे वाक्य भी उपहार की तरह ही हैं जो हमारी भावनाओं को उसी तरह से दूसरों तक पहुँचा देते हैं और हमारा मकसद पूर्ण हो जाता है। लगता है हमारी बात उन तक पहुँच गयी। उपहार एक प्रेम है, मूक प्रेम जो एक हृदय की बात दूसरे के हृदय तक पहुँचाता है।

ज्ञान का सहारा

जब लोहे पर दबाव पड़ता है तो वह फैल जाता है। पानी पर दबाव पड़ता है तो वह इधर-उधर भागने की कोशिश करने लगता है। मिट्टी पर दबाव पड़ता है तो वह सिकुड़कर अपने आपको बेहद सख्त कर लेती है, काँच पर अधिक दबाव पड़ता है तो वह टूट ही जाता है, जबकि शरीर पर दबाव पड़ता है तो हमारी साँसें छूटने लगती हैं।

इस तरह से दबाव पड़ने पर अपनी ताकत और स्वभाव के अनुसार सभी चीजों में कुछ-न-कुछ परिवर्तन अवश्य आते हैं। हमारा जीवन भी कम या अधिक दबाव के घेरे के भीतर हमेशा रहता है। तुम्हारा प्राप्त किया हुआ ज्ञान ही इन दबावों को कम-से-कम तुम पर हावी होने से रोकता है। इसलिए हमेशा उचित होगा कि तुम उपलब्ध ज्ञान के सहारे ही इन सारी मुसीबतों से जूझो और विवेकपूर्ण बनी रहो।

उपयोग में संयम

एक हाथी बिना महावत के शहर में विचरण के योग्य नहीं होता है। उसे अकेला छोड़ देने की कोई कल्पना भी नहीं कर सकता। इसलिए जो बलवान हैं वे निर्जन वनों में घूम सकते हैं, लेकिन जब उनसे काम लेना हो तो अंकुश की आवश्यकता होती है। वरना ये मन से फायदा तो दूर बहुत सारा नुकसान कर देंगे।

उसी तरह ज्ञान की वृद्धि.को भी सँभालकर रखना एवं उसके उपयोग में संयम जरूरी है वरना तुम इसे अच्छे कामों में लगाने की बजाय बिना जरूरत के अनेक कामों में लगाकर अपनी ऊर्जा ही नष्ट कर बैठोगी। अपने ज्ञान का उपयोग एक निश्चित दिशा में समग्रता से करने पर ही अधिकतम लाभ मिलता है।

शिक्षा का उद्‌देश्य

कोई बड़ा निर्माण तुरंत अकेले नहीं हो जाता, इसमें अनेक वर्ष लगते हैं तथा अनगिनत लोगों का योगदान भी होता है। किताबें जो तुम पढ़ती हो कक्षा में, वे किसी एक आदमी का विचार या निजी बातें नहीं होतीं बल्कि वर्षों से क्रम-दर-क्रम संसार में जो परिवर्तन हुए हैं एवम् जिन लाभकारी चीजों का भविष्य में निर्माण करना है, संचालन करना है उन उद्‌देश्यों की पूर्ति के लिये ही कक्षा में पढ़ाई जाने योग्य पुस्तकें लिखी जाती हैं।

किसी कक्षा में पढ़ाई जाने योग्य पुस्तकों को लिखते वक्त अनगिनत जानकारियों को एक साथ समेटा जाता है ताकि बहुत सारी जानकारियाँ तुम्हें मिल जाएँ और तुम आधुनिक युग में अपने पाँव तो जमाये ही रखो, साथ-साथ उन्हें अच्छी तरह समझ कर अपने भविष्य को भी अधिक उन्नत कर सको।

बुरी चीजें-अच्छी चीजें

गंदा पानी अगर गंदे पानी से मिलता है तो तुरंत ही और अधिक गंदा हो जाता है, जबकि साफ पानी गंदे पानी से मिलने पर साफ नहीं रह जाता, गंदा हो जाता है। इसलिए संसार की बुरी चीजें दूसरी बुरी चीजों से तुरंत घुल जाती हैं और एक नयी बुराई को जन्म दे देती हैं, जबकि अच्छी चीजें बुराई से दूर रहना चाहती हैं ताकि अपने को साफ-सुथरा रख सकें।

तुम्हारी कक्षा में पढ़ाई में कम ध्यान देने वाले एवं घूमने-फिरने वाले बच्चों को भी उसी तरह के समान रुचि वाले अनेक बच्चे मिल जाते हैं क्योंकि इनकी संख्या थोड़ी अधिक होती है। लेकिन पढ़ाई में अव्वल आने वाले बच्चों के दोस्तों की संख्या कम होती है क्योंकि पढ़ाई छोड़कर दूसरे तरह के काम करने के लिए उनके पास समय बहुत कम होता है।

अलग-अलग असर

एक पेड़ से उसके सारे पत्ते तोड़ लिये जाएँ तो वह कमजोर होकर मर जाता है जबकि दूसरे पेड़ के सारे पत्ते तोड़ दिये जाने पर भी वह अपने सामर्थ्य से पहले से अधिक पत्ते उगा लेता है। एक बात तुम्हें किसी के द्वारा कही गयी, तुम्हें अपमानित एवं क्रोधित कर देती है, जबकि दूसरे व्यक्ति को इससे कोई फर्क ही नहीं पड़ता है। एक बच्चा कक्षा में फेल होता है और पढ़ना ही छोड़ देता है, जबकि दूसरा बच्चा फिर उसी कक्षा में पढ़कर अपनी मेहनत से प्रथम आता है।

कहते हैं कितना दुरुपयोग होता है एक दियासलाई का सिगरेट को जलाने में जबकि कितना अधिक सदुपयोग एक चूल्हा जलाने में। ये एक जैसी कितनी ही चीजें हैं जो व्यवहार में आने पर अपना अलग-अलग असर छोड़ती हैं। इनमें व्यवहार की भिन्नता समझने की चीज है।

छुपा संदेश

कुछ चित्र ऐसे होते हैं जिन्हें हर जगह दर्शाया जाता है, चाहे अखबार हो, पत्रिकाएँ या बड़े-बड़े होर्डिंग। क्योंकि इनमें एक विशेष संदेश छुपा होता है और वह प्रत्येक आदमी को किसी-न-किसी सामाजिक भावना से प्रेरित करता है। जैसे एक महिला द्वारा डॉक्टर से अपने बच्चे की जाँच करवाये जाने का चित्र, जो बच्चों की सामयिक जाँच एवं उनको टीका दिलाने की ओर हमारा ध्यानाकर्षण कराते हैं।

तुम्हें भी चित्र बनाते समय इन बातों का ध्यान रखना चाहिए कि उनसे कोई-न-कोई संदेश दूसरों को मिलता हो यानी वह चीज लोगों की भावना से गहरे में जुड़ जाए और लोग महसूस करें कि यह चित्र उनकी जिन्दगी का ही कोई हिस्सा है।

प्रेम एवं धैर्य

जितने भी सूक्ष्म कार्य हैं उन्हें अत्यधिक प्रेम और धैर्य से करना पड़ता है। इनमें जरा-सा भी प्रेम या लगाव का अभाव रहा तो इनकी कलात्मकता में कमी रह जाएगी। जैसे कालीन बुनने वाले कितनी सफाई और मेहनत से क्रम-दर-क्रम एक अच्छे कालीन का निर्माण करते हैं, तब जाकर उनके ऊँचे दाम मिलते हैं। इसी तरह से स्वर्णकारी, कढ़ाई और यहाँ तक कि झोंपड़ी के बाहर बनाया गया अलता भी। ये चीजें जितनी अच्छी और सुंदर होती हैं उनमें उतना अच्छा कलात्मक जीवन जीता-जागता दिखाई देता है।

प्रेम की जगह गुस्से में न तो किसी कलाकृति का निर्माण हो सकता है और न ही उसकी परख। यहाँ तक कि गुस्से के समय सुई में धागा डालना भी कठिन लगता है। इसलिए जितना तुम नम्र और प्रेमपूर्ण रहोगी चीजों में छिपी बारीकी को अच्छी तरह से समझ पाओगी।

मजबूती

जब तुम खुद को कमजोर महसूस करती हो, उस वक्त अनेक लोगों का साथ चाहती हो कि वे तुम्हारे पक्ष में रहें और जब तुम खुद ही मजबूत रहती हो तो लोग तुम्हारे पक्ष में अपने आप आना चाहते हैं।

यह निश्चित है कि जब लोहे के खंभे मौजूद होंगे वे ही घर की छत का भार उठायेंगे और लकड़ियाँ केवल साज-सज्जा के काम आयेंगी। इसलिए मजबूत लोगों की सबसे पहले पूछ है बाकी कमजोर लोग तो खुद-ब-खुद उनकी शरण में आ जाएँगे।

अगर तुम पढ़ाई में इनमें से कोई एक भी बात जैसे अच्छी तरह लिखना, अच्छी तरह बोलना या अच्छी तरह समझना, को साध लेती हो तो फिर बाकी चीजें अपने आप सध जाएँगी। इसलिए सिर्फ एक कला या विद्या को विकसित करने पर भी बहुत सारी कलाओं का साथ-साथ अपने आप विकास होता जाता है।

विद्यार्थियों की परख

कक्षा में जो पढ़ाई होती है उसे हर विद्यार्थी अपने-अपने तरीके से दिमाग में बैठाता है। यानी अगर एक पाठ्यक्रम को पढ़ाने के बाद छात्रों से कहा जाए कि वे पढ़ाए गए पाठ के विषय में लिखें तो हर छात्र के उत्तर अलग-अलग होंगे। किसी में बतायी गयी सारी बातों का उल्लेख होगा तो किसी में आधी तो कई बहुत थोड़ा-सा ही लिख पायेंगे।

सिर्फ इस एक तरह की परीक्षा से ही उनके उत्तर देखकर सारे विद्यार्थियों की वर्तमान स्थिति का पता आसानी से लग जाता है और उन सबके लायक लाभकारी सलाहें उन्हें दी जा सकती हैं। साथ ही शिक्षक अपने पढ़ाने के तरीके में बदलाव कर सकते हैं, ताकि कमजोर छात्र भी उनकी पढ़ाई को अच्छी तरह से समझ सकें।

वार्तालाप का प्रभाव

जब तुम शुरू -शुरू में इत्र लगाती हो तो इसकी खुशबू काफी तेज होती है फिर धीरे-धीरे कम और रोज इसे लगाने पर तुम्हें मालूम भी नहीं होता कि तुमने इत्र लगाया है। लेकिन दूसरों के लिए यह खुशबू हमेशा मौजूद रहती है।

इस तरह से बहुत-सी पढ़ी हुई बातें भी जो तुम्हें कभी याद भी नहीं आतीं, कहीं छुप गयी हों जैसा लगती हैं लेकिन जब वार्तालाप के दौरान या किसी काम के सम्पादन में अचानक अपना ओज सबके सामने प्रकट कर सबको चकित कर देती हैं। ये बातें किस तरह से दूसरों पर प्रभाव डालती हैं यह तुम्हें पता भी नहीं चलता, लेकिन वे अपना प्रभाव जरूर दूसरों पर छोड़ रही होती हैं।

ज्ञान पाने की इच्छा

जिनकी इच्छाएँ मंद उनकी ज्ञान पाने की इच्छा भी धीमी होती है, पुस्तकों पर नजरें गड़ाने में भी गहराई नहीं होती। कहते हैं जड़ें जितनी गहरी और फैली हों पेड़ भी ऊपर से उतना ही बड़ा और फैला हुआ होता है। जिनके भीतर ज्ञान की गहराई है उसका तेज भी बाहर उतना ही दिखाई देता है।

ज्ञान की सीमाएँ इतनी विस्तृत हैं कि हर बार तुम्हें लगता है कि अभी तक यह अनछुआ है, तुम इसे नहीं जानती। यह उसी तरह है जैसे जड़ों के लिए मिट्टी के बीच विचरण करने के लिए अपार जगह होती है। बस उसे अपने आप को चारों ओर सक्रिय बनाये रखना होता है।

इच्छा शक्ति

परिवार के सिर्फ एक व्यक्ति के गुणों के कारण, दूसरे सभी सदस्यों का महत्त्व बढ़ जाता है। रातरानी के एक पेड़ के फूलों की खुशबू से सारा बगीचा खुशबूदार हो जाता है। एक पुच्छल तारा सारे आकाश को आकर्षण का केंद्र बना देता है और एक अच्छा खिलाड़ी अपने अच्छे खेल से हजारों लोगों को अपनी ओर आकर्षित कर लेता है। अगर तुममें भी इच्छा शक्ति और लगन है, तुम भी एक दिन अपने बल पर सभी के आकर्षण का केंद्र बन सकती हो।

अधिक सोच विचार

एक पेड़ के वश में यह जरूर होता है कि वह पत्ते पैदा करे और डालियों से उन्हें चिपकाये रहे, लेकिन उनका हिलना-डुलना हवा की गति पर ही निर्भर होता है, पेड़ पर नहीं। इसलिए हमारा सब कुछ अच्छा करने पर भी हमारी गुणवत्ता को बहुत-सी बाहरी चीजें भी प्रभावित करती रहती हैं। इनके कारण कभी आशा से अधिक फल मिल जाता है तो कभी विपरीत भी। लेकिन इन बाहरी विपरीत परिस्थितियों के बारे में अधिक सोचकर भी थोड़ा-सा भी सिर दर्द होने पर अपने को बिस्तर पर निढाल कर लेना उचित नहीं होगा।

डर

दहशत एक सन्नाटा है जो खोजता है हमारे भीतर खाली जगह ताकि, वह उसमें वास कर सके। एक चीख से भी घबरा जाते हैं हम, निकल आती हैं बाहर हमारी आँखें, कान को भी जैसे शरीर से बाहर हो रहे का हाल जानने की तलाश और शरीर चौकन्ना जैसे बिल्कुल तैयार किसी भी आपदा को सहने को और भय बैठ गया होता है, तब तक हमारे भीतर।

इसी तरह का होता है एक युद्ध का डर, जिसमें हम कहीं भी शामिल नहीं परंतु लगता है, कभी भी हम इसके दुराग्रह के शिकार हो सकते हैं। इन स्थितियों में दीवार ही केवल हमारा सहारा होती है, बस इसी के सहारे हम अपने आपको सुरक्षित महसूस करते हैं, लेकिन मौत उन्हें ही अधिक डराती है, जो इससे अधिक भयभीत होते हैं।

अवगुणों को ढकना

एक कमजोर वृक्ष से छोटे एवं कम रंगों वाले फूल ही पैदा होते हैं और कई बार खिलने से पहले ही झड़ जाते हैं। कमजोर वृक्ष का न फैलाव होता है और न ही उनसे फलों की कामना की जा सकती है।

जब तुम सचमुच कमजोर हो तो फिर अधिक आशा करना बेकार है यह तो और भी खराब होगा, अगर तुम्हारे अवगुणों को ढँकने के लिए आलोचना करने के बजाय तारीफें ही की जाएँ। जैसे एक कमजोर दीवार को सुन्दर-सुन्दर रंगों द्वारा ढँक दिया जाता है। जबकि पहले सुधार और फिर उसके बाद तारीफें होनी चाहिए।

निर्माण की ताकत

तुम जब किसी से अचानक मिलती हो, तो लगता है तुम दोनों अच्छी दोस्त बन सकती हो, क्योंकि दोनों के विचार मिले, दोनों का मन मिला और तुम एक होने की दिशा में मुड़ने लगीं। इसी तरह से जो पाठ तुम्हें अच्छे लगते हैं और लगता है तुम उन्हें ठीक से समझ रही हो तो फिर उससे घनिष्ठता होनी निश्चित है। जैसे बालू और सीमेंट मिलने पर उनमें जो दीवारों को जोड़ने की अद्भुत क्षमता आ जाती है, वैसे ही जब तुम्हारा मस्तिष्क और पाठ एक-दूसरे से अच्छी तरह से मिल जाते हैं तो उसमें भी निर्माण करने की ताकत आ जाती है।

सफलता और उसकी हिफाजत

एक बूढ़ा आदमी अपनी बचाई सारी चीजों के प्रति बेहद सतर्क होता है, क्योंकि अब पाने के लिए प्रयास कम हैं लेकिन जो भी है उसके पास, उसे बचाये रखने का प्रयास ही अधिक करना है।

यह कितने आश्चर्य की बात है कि सारी चीजें हमारी ही बनायी हुई और फिर भी वे सुरक्षित नहीं हैं और उनकी सुरक्षा का भार हमारे सिर पर है। इसलिए इस दुनिया में तुम जो भी अर्जित करती हो, उसे तुम्हें ही सँभालकर रखना है, कोई दूसरा उसकी हिफाजत नहीं करेगा और करेगा भी तो तुम्हारी ही देख-रेख में और निर्देश पर। यानी हर समय कर्ता तुम ही हो। यही है दायित्व का बोझ है, यानी जिन चीजों की भी तुम स्वामिनी हो सभी की रक्षा का दायित्व तुम्हारा है इसलिए सफलता तो अर्जित करो, प्रगति भी करो, लेकिन दूसरों से उम्मीद मत रखो कि वे तुम्हारी सफलता को सँभालेंगे बल्कि तुम्हें अपनी सफलता खुद ही सँभालनी होगी।

निरंतर अभ्यास

बारिश के समय जो पत्ते हरे-भरे और चमकदार हो गए थे, बारिश खत्म होने के बाद धीरे-धीरे उन पर धूल बैठनी शुरू हो जाती है और कुछ दिनों में वे पूरे गंदे। इस समय पत्तों की सुंदरता ढँकी हुई मालूम होती है जैसे इनकी देखभाल नहीं होती हो और न ही कोई इनका मसीहा।

तुम्हारा लेखन भी इसी तरह से होता है, जब तक अभ्यास चलता रहा पाठ की सफाई-धुलाई होती रही, तुम्हारे सोच-विचार और जवाब देने के तरीके शुद्ध रहे और जैसे ही अभ्यास बंद हुआ सारी चीजों पर एक आवरण चढ़ने की प्रवृत्ति आने लगी और एक दिन तुम भी धूलग्रसित पत्तों की तरह अपनी चमक खो बैठती हो। अतः हमेशा अभ्यास और तत्परता से अपने को चमकाये रखना अपने आप में पूर्ण सजगता पैदा करता है।

लोग रंग बदलते ही रहेंगे

तुम गर्मियों में तो ठंडी हवा, ठंडी बर्फ,ठंडी बारिश सभी को पसंद करती हो, लेकिन जाड़ों में बिल्कुल नहीं। नर्म घास पर तो तुम नंगे पाँव भी चल लेती हो लेकिन सख्त सड़कों पर एक पल भी नहीं।

तुम्हारी पसंद और नापसंद अपने आप ही तुम्हें सजग कर देती है और तुम सँभलकर काम करने लगती हो। तुम्हें सभी से मित्रता रखना और सभी को खुश रखने की जरूरत नहीं है क्योंकि सभी की मंशा पूरा करने में न तो तुम सक्षम हो और न ही तुम्हारे पास इतना समय। इसलिए जिन चीजों से तुम्हारे अध्ययन में जरा-सा भी नुकसान हो उसी में रुचि लेना उचित है। लोग तो रंग बदलते ही रहेंगे, उनकी चिंता न कर अपने रंग में स्थायित्व लाने की अधिक चिंता करनी चाहिए।

स्मृति चिह्नों का सहारा

तुम अनेक तरह के स्मृति चिह्नों के सहारे एक नयी जगह तक पहुँचती हो जैसे लैम्पपोस्ट, पनवाड़ी की दुकान, कोई सुंदर-सा घर, कोई बड़ा-सा पेड़, होटल आदि, फिर मन में इसकी पहचान बन जाने के बाद तुम रास्ता कभी नहीं भूलती। हमेशा ये स्मृति-चिह्न तुम्हारे साथी होते हैं, रास्ता भटकी भी तो इसके सहारे वापस पहुँच गयी।

एक नये पाठ में भी बहुत तरह के भटकाव होते हैं लेकिन उनमें छुपे स्मृति चिह्नों से उनकी दूरियों को बाँटकर अंतिम छोर तक पहुँच सकती हो। ये स्मृति-चिह्न यादों में रह जाते हैं और फिर तुम अपना पाठ भूलती नहीं।

मापदंडों को पूरा करना

कौए, कबूतर या छोटे-छोटे पक्षी अगर नृत्य भी करें तो वह शोभा नहीं देगा, क्योंकि न तो उनके पास सुंदर बड़े पंख हैं और न ही इतना बड़ा आकार जो थिरकने पर कोई आकर्षण पैदा कर सके। जबकि नाचता हुआ मोर बेहद सुंदर लगता है क्योंकि दुनिया के सबसे सुंदर आकृति वाले बड़े-बड़े पंख उसके पास हैं तथा सुंदर फैलाव और कलात्मक भाव-भंगिमा भी है।

इसलिए जो भी जिस क्षेत्र में अच्छा करना चाहता है, उसे उसी के अनुसार सही बैठते मापदंडों को पूरा करना होगा। जैसे एक वकील या राजनेता को जिरह और भाषण देने की कला में पूरा निपुण होना पड़ेगा वरना इस क्षेत्र में सफल होने की जरा भी गुंजाइश नहीं है।

समझ

किस दोस्त के घर के नक्काशी किये हुए सामान, खूबसूरत प्याले और साज-सजावट की तुम बहुत तारीफ करती हो, लेकिन जैसे ही उस दोस्त से झगड़ा हो जाता है, उसकी सारी चीजें तुम्हें बुरी लगने लगती हैं और उसके बारे में याद आने पर गुस्सा आने लगता है।

इसी तरह से जब तक तुम विषयों को अच्छी तरह से समझती हो तो वे तुम्हें मित्र की तरह खुशी देते हैं लेकिन जैसे ही वे कठिन होते जाते हैं और तुम्हारी समझ में नहीं आते, मन-ही-मन तुम उनसे क्षुब्ध हो जाती हो और उन विषयों से कतराने लगती हो। यहाँ तक कि यह भी भूल जाती हो कि शुरुआत में वे तुम्हें कितने अच्छे लगे थे।

लेकिन इस तरह से जल्दबाजी में किसी विषय से मुँह मोड़ लेने पर एक अच्छे विषय को गहराई से समझ लेने पर जो सुख मिलने वाला था, उससे वंचित रह जाती हो।

समानताओं से पहचान

एक परिवार के सारे लोग जब एक साथ जुटते हैं तो तुम पाओगी उनमें बहुत सारी समानताएँ हैं। जैसे चलने में, चेहरे में, बोलने में, सोचने में आदि। जैसे वे एक ही वृहद पेड़ की कई डालियाँ हों और सबमें एक ही महक हो आम के वृक्ष की तरह। एक डाल की महक से भी मालूम पड़ जाता है कि इसका रिश्ता किस पेड़ से है।

ठीक इसी तरह रसायन, पदार्थ विज्ञान, भूगोल या अन्य दूसरे विषयों से संबंधित वार्तालाप या पुस्तकों में भी ठीक इसी तरह की विशिष्ट गंध महसूस होगी। यह विशिष्टता सारे विषयों को एक-दूसरे से पृथक् करती है। जैसे गंधक भर कहने से एक अलग तरह की अनुभूति हमें होने लगती है या फूल भर कहने से या तराजू भर कहने से मन की सारी उधेड़बुन उसी दिशा में शुरू हो जाती है और ये तीनों चीजें अलग-अलग विज्ञान के विषय हैं और इसका अपना एक निजी बोध है।

स्वाभाविक सृजन

तुमने कमल की कली वाली अवस्था के फूल को देखा होगा। इसकी सारी पंखुड़ियाँ एक क्रम में भीतर की ओर चिपकी हुई होती हैं। इन्हें हाथों से धीरे-धीरे खोलते जाना होता है और अंत में वे एक सुन्दर फूल का आकार ले लेती हैं। यह फूलों का खिलना एक कृत्रिम प्रक्रिया हुई जबकि प्रकृति अपनी सारी कलियों को स्वयं खोलती है, धीरे-धीरे डालियों पर सजाती है। ये जो फूल अपने से खिलते हैं उनकी चमक और उनकी खूबसूरती कुछ अलग ढंग की ही होती है जो जंगल के आजाद शेर में होती है। वही शेर चिड़ियाघर में शिथिल होकर अपनी ताजगी खो बैठता है। अत: जो भी सृजन दबाव में या जल्दबाजी में होता और जो सृजन अपने आप तुम्हारे काम के प्रति लगाव के कारण उत्पन्न होता है, दोनों में इसी तरह का फर्क दिखलाई देता है।

चुनाव

एक आदमी अपनी एड़ी उठाकर और अपने दोनों हाथ ऊपर करके जितनी ऊँचाई तक छू सकता है यही उसके हाथों की पहुँच की सीमा है। इसलिए तुम्हें अपनी सीमा और क्षमता समझनी चाहिए तथा उससे अधिक कुछ करने के लिए उपयुक्त सहारों का चुनाव करना चाहिए।

सही तरह की सहायक चीजें ही हमें उपयुक्त लाभ दिला सकती हैं वरना कमजोर चीजों का सहारा लेकर अपना समय व्यर्थ करना है। जैसे एक छड़ी बूढ़े आदमी का ही सहारा बन सकती है तुम्हारा नहीं। आकाश की ऊँचाई का अंदाजा हम तारों से करते हैं न कि आसमान में उड़ते पक्षियों से। सभी चीजों की अपनी-अपनी उपयोगिता है और उन्हें उनके लक्षणों के आधार पर चुना जाता है।

सृजन का संकल्प जरूरी

तनाव के क्षणों में मन शब्दों को पकड़े रहता है, उनका प्रवाह धीमा हो जाता है और लयहीन भी। तुम देखोगी कि एक चित्रकार कितना तल्लीन होकर कोई चित्र बनाता है, कोई दबाव नहीं कोई जल्दीबाजी नहीं, बस एक अच्छा चित्र उकेरना ही उसके संकल्प में होता है।

कोई भी सृजन कार्य दबाव में सही नहीं हो सकता। प्रत्येक सृजन के लिए मस्तिष्क का खुला होना तथा आँखों का चिड़िया बनकर भिन्न-भिन्न ऊँचाइयों तक भ्रमण कर काम की चीजों के दर्शन कर उन्हें सृजनात्मक कार्य के लिए जुटाना जरूरी होता है।

सही जगह-सही काम

काम करने की जगह कुछ अलग होती है और आराम करने की कुछ अलग। जब हम काम करने वाली जगह पर बैठते हैं तो काफी सतर्क हो जाते हैं और जो काम हमें पूरे करने हैं सिर्फ उन्हीं की ओर अपना ध्यान रखते हैं। कक्षा जैसी जगहों में जहाँ आराम की कोई गुंजाइश नहीं है, अगर कोई सोचता है कि वह वहाँ केवल विश्राम करता रहे और फिर घर जाकर पाठ को दोहरा लेगा, उसका यह चरित्र दर्शाता है कि सही जगह पर बैठकर जो काम किये जाने चाहिए, उस सबक को उसने ठीक से अभी नहीं समझा है। कक्षा में बैठकर तुम्हें किसी भी स्थिति में शिथिल नहीं होना है। हमेशा चुस्त रहना है जैसे सैनिक जब काम में लगे रहते हैं तो उनका आचरण भी हमेशा हमारे ऊपर एक अनोखी छाप छोड़ता है।

कार्य में आकर्षण

एक कुशल परीक्षक तुम्हारी उत्तर-पुस्तिका देखते ही अंदाजा कर लेता है कि तुम किस तरह की छात्रा हो। फिर उसे पढ़ते हुए अंक निर्धारित करता है। कई बार अगर तुम्हारी लिखने की शैली उबाऊ हो तो परीक्षक उसे पूरी तरह पढ़ भी नहीं पाता और तुम्हें कम अंक मिलते हैं। लेकिन अगर तुम्हारा लिखना रुचिकर हो तो वह पूरे उत्तर को अच्छी तरह से पढ़ना पसंद करता है। इससे तुम्हें अच्छे अंक प्राप्त होते हैं। यह वैसा ही है जैसे एक मछली बेचने वाला जितने साफ-सुथरे तरीके से अपनी मछलियों को सजाकर रखेगा तथा चाकू भी सुंदर होगा, उतना ही अधिक वह ग्राहकों को अपनी ओर आकर्षित करेगा।

संवेदनाएँ एवं कलात्मकता

एक सर्कस के 3 घंटों में तुम अलग-अलग तरह की संवेदनाओं और भावनाओं से गुजरती हो और उसके बाद घर वापस लौटती हो। घर लौटकर भी सर्कस के ये कलाकार तुम्हें कभी रोमांच तो कभी हँसी तो कभी साहस तो कभी उत्सव का आभास दिलाते रहते हैं। इनकी यादें कभी भुलाये भी नहीं भूली जा सकतीं। अगर सचमुच में देखा जाए तो तुम्हारे पाठों में भी ऐसी संवेदनाएँ एवं कलात्मकता जगह-जगह पर छुपी हैं, बस उन्हें अलग-अलग करके समझना है। कई बार वे बेहद कठिन भी लगतीं हैं जैसे कठपुतलियों की तरह ढीठ होकर चुपचाप बैठी हुई और उस वक्त शिक्षक इनसे नये-नये करतब करवाते हैं और उनकी रूपरेखा तुम्हारे दिमाग में बैठाते जाते हैं।

वाक्यों की संरचना

एक अच्छा कलाकार विभिन्न तरह के चरित्रों को लोगों के सामने प्रस्तुत करता है और अगर हम इसे नाटक न मानकर सचमुच में सामने घट रही कोई घटना मान लें तो वह कलाकार अपने व्यक्तित्व को छोड़कर किसी दूसरे के व्यक्तित्व एवं चरित्र को जी रहा होता है। इस तरह वह हर दिन नये-नये चरित्र को निभाता है और इसके बावजूद दरअसल वह एक ही मनुष्य होता है।

इसी तरह वाक्यों की संरचना होती है, कई तरह के शब्दों से उनकी जगह अदल-बदलकर तथा थोड़े से और कुछ शब्दों को जोड़कर प्रत्येक वाक्य को कभी जटिल तो कभी सरल तो कभी बेहद भावपूर्ण बनाया जाता है।

कला की परख

सुंदरता ऐसी चीज होती है कि वह एक बार में समझ में नहीं आती, उसे बार-बार देखने एवं समझने की कोशिश करने पर उसका थोड़ा-सा घूँघट हमारे सामने खुलता है। शुरू में उसकी बाहरी बनावट जैसे स्थूल रूप से ही हमारा परिचय होता है, धीरे-धीरे कलाकृति और अंत में कला की आत्मा से हमारा परिचय होता है।

एक खूबसूरत चीज को देखते समय उसकी संरचना, दीवारों पर की गयी कारीगरी, रंगों का तालमेल, ऊँचाइयों का सामंजस्य, पत्थरों की गुणवत्ता, पत्थरों की बनावट, विभिन्न कोणों से उसकी बनावट और साज-सज्जा का ध्यान रखना जरूरी होता है। जब हम इस कला की गहराई में जाते हैं तब महसूस करते हैं कि हमने कितनी खूबसूरत चीज देखी है।

मदद

रेगिस्तान की कठिनतम जलवायु में गर्म रेत पर सफर करते हुए ऊँट को जगह-जगह कँटीली झाड़ियाँ देखकर यह संतोष होता रहता है कि उसका प्रिय भोजन आस-पास ही है और वह कठिन परिस्थितियों को भी झेल जाता है और उसमें उत्साह और ताजगी बनी रहती है।

तुम जब सारे काम छोड़कर कठिन पढ़ाई से जूझती रहती हो तो माता-पिता बेहद खुश होते हैं और अपना ध्यान तुम्हारी ओर, अधिक-से-अधिक लगाते हैं। फिर उनका अधिक ध्यान तुम्हारी ओर रहने पर अपनी पढ़ाई के अलावा दूसरी अन्य चिन्ताओं से तुम मुक्ति पा लेती हो, क्योंकि तुम्हें उनसे लगातार मदद मिलती रहती है।

जीवन का अनुभव

कहते हैं लड़ाई में तलवार जब तक सैनिक के सिर के ऊपर से नहीं गुजरी तब तक उसने लड़ाई लड़ी ही नहीं। उसी तरह से जब तक तुमने मुश्किलों का सामना नहीं किया तब तक उनसे बाहर निकलने की बात ही कहाँ से आई? एक सुरंग में प्रवेश करने के बाद ही तुम उससे बाहर आती हो, फिर तुम कह सकती हो कि सुरंग कितनी सँकरी है।

जीवन के अनुभव पाने के लिए तरह-तरह की परिस्थितियों का सामना करना ही पड़ता है चाहे दो पल के लिए या वर्षों के लिए। जब तक पाठ की गहराई में तुम नहीं उतरती उसकी जटिलता को तुम समझ नहीं पाती हो और जब तक जटिलता के तल पर तुम नहीं उतरती हो तब तक तुम्हारी बाहरी भाग-दौड़ तुम्हें साधारण प्राणी ही बनाये रखेगी और उच्च शिक्षा का मार्ग कुछ दिनों में बंद हो जायेगा।

व्यवहार में बेहद संकीर्ण

लोहा जब गर्म होता है, तुम्हें इतनी छूट देता है कि तुम चाहे जिस आकार में उसे ढाल लो। गीली मिट्टी भी इसी तरह की छूट तुम्हें देती है तथा हाथ में रखी कलम भी, कि जो जी में आए लिख डालो।

लेकिन इतनी अधिक छूट के बाद भी हम केवल सबसे महत्त्वपूर्ण कामों में ही उनका उपयोग करते हैं। ये स्वतंत्रता जैसे शब्द नाम में बहुत ऊँचे हैं लेकिन व्यवहार में बेहद संकीर्ण क्योंकि हम हमेशा अपने एक निश्चित दायरे में ही रहकर काम करना पसंद करते हैं और ये बड़ी-बड़ी बातें और रूपक अक्सर हमारे काम के नहीं होते अतः इनकी ओर पूरी समझदारी से बढ़ना आवश्यक है।

ज्ञान का उत्तरोत्तर विकास

जब बहुत सारे विचार मिलकर कलात्मक रूप से सघन हो जाते हैं वही ज्ञान है, वही कला है। अच्छे विचारों का मन में पैदा होना एक शुभ बात है। यह ज्ञान का उत्तरोत्तर विकास है। समय के अनुसार हमें अपनी सोच को बदलते रहना चाहिए एवं पुरानी रूढ़ियों को यानी पुराने विचारों को जो उस काल में अच्छे समझे गये होंगे बदल डालना चाहिए। हमेशा नये विचार जो अच्छी समझ से उत्पन्न हुए हैं, वर्तमान में अधिक उपयोगी होंगे।

एकाग्रता की नाव पर

तुम्हें अपने दिमाग पर उसी तरह से दबाव देना चाहिए जैसा कि एक नाव संतुलित ढंग से नदी के पानी पर दबाव देती है। जरा-सा भी भार वहन की क्षमता से अधिक नाव में बढ़ा, कि वह डूबने लगती है। अतः धीरे-धीरे सोचते हुए, हल्के स्पर्श से, अपनी एकाग्रता की नाव पर, आगे बढ़ते रहना चाहिए।

किताबें सीढ़ियाँ हैं

ये किताबें सीढ़ियाँ हैं और इनको पार करते ही एक नया मनुष्य खड़ा मिलता है। हर बार किताबें पढ़ना खत्म करने के बाद तुम एक मनुष्य से मिल चुकी होती हो। अनगिनत किताबें और अनगिनत मनुष्य जब तुममें विद्यमान हो जाते हैं, तुम एक नये व्यक्तित्व की स्वामिनी हो जाती हो।

सबसे अच्छी योजना

तुमने देखा होगा कि कौए बहुत अधिक शोर मचाते हैं, उससे कम चील और गिद्ध चुपचाप आते हैं। ये गिद्ध भोजन का सबसे बड़ा हिस्सा खाकर उड़ जाते हैं, जबकि कौए बहुत थोड़ा प्राप्त करते हैं।

इस तरह से सब कुछ शांति से चुपचाप हासिल कर लेना चाहिए। तुम्हें क्या मिला, तुम्हारी क्या चाह थी इसकी जरा-सी भी भनक दूसरों को नहीं लगनी चाहिए। यही सबसे अच्छी योजना है।

विद्या एक होने पर भी

सारा जल एक जैसा ही होता है लेकिन वह अलग-अलग तरह के कामों में लाया जाता है जैसे पीने, सफाई करने आदि। इसी तरह से विद्या एक होने पर भी उसे अलग-अलग तरह से उपयोग में लाया जाता है। इसलिए विद्या का संचय उचित है, क्योंकि जितना अधिक इसका संचय होगा, उतनी ही इसकी उपयोगिता बढ़ती जाएगी।

विपरीत परिस्थितियाँ

कमल का फूल कीचड़ से निकलकर भी पानी के ऊपर अपने आप को खिला देता है और लोग मुग्ध होकर उसे देखते रहते हैं। विपरीत परिस्थितियाँ हमेशा हमें चारों ओर से घेरे रहती हैं, फिर भी हमें उभरकर बाहर आना होता है।

जानने की प्रवृत्ति

जैसे भूमि पर जल पड़ते ही वह उसे सोख लेती है उसी तरह से तुम में भी ज्ञान को देखते ही उसे प्राप्त कर लेने की प्रवृत्ति होनी चाहिए।

कुछ जानने की प्रवृत्ति जब इस तरह की होती है तो तुम्हारा शैक्षिक विकास स्वत: होता रहता है। तुम्हारे पास पढ़ने के इतने सारे साधन हैं जैसे किताब, कलम, आँखें, अँगुलियाँ, दिमाग, कान आदि, फिर उनका उपयोग क्यों न किया जाए?

तैयारी के बिना

इस दुनिया में तैयारी के बिना कुछ भी संभव नहीं। बीज छिड़कने के पहले जमीन को तैयार किया जाता है, लड़ाई में जाने से पहले सेना को प्रशिक्षित किया जाता है। एक सही तैयारी में अनगिनत पहलुओं का मनन होता है। स्वयं से कोई भी बात छूटी तो मन में खटकती रहती है। परीक्षा की कॉपियाँ जाँचते समय परीक्षक का ध्यान तुम्हारी कमजोरियों पर सबसे पहले जाता है।

मस्तिष्क की प्रवृत्ति

मस्तिष्क की प्रवृत्ति है विचारों को पैदा करना। इसमें अनेकानेक विचार पैदा होते रहते हैं। सभी के अर्थ हैं, सभी के उपयोग हैं। लेकिन जिन्हें तुम समझती हो, उन्हीं का उपयोग कर पाती हो। बाकी सारे विचार अभी तुम्हारे लिए कच्चे हैं, उन्होंने अपना स्वरूप निर्धारित नहीं किया है। वे धीरे-धीरे पक कर तुम्हारे उपयोग में आयेंगे।

वास्तविक प्रगति में उत्सुकता

कभी–कभी हम थोड़ी–सी सफलता से आत्ममुग्ध हो जाते हैं और समझने लगते हैं कि हमने बहुत कुछ कर लिया है। यह बोध स्वाभाविक है लेकिन धीरे–धीरे यह भ्रम भी टूटता जाता है। हमें इन चीजों पर अधिक ध्यान न देकर अपनी वास्तविक प्रगति में उत्सुकता बनाये रखनी चाहिए। यह उसी तरह से है जैसे सूरज के उदय होने से लेकर अस्त होने तक, इसके इतने सारे रंग तुम देखती हो। तुम भी एक ही हो लेकिन दुनिया में अपने कितने सारे प्रभाव छोड़ती हो!

जितना अधिक नम्र और खुश रहोगी

जब भी तुम किसी से कुछ लेती हो, तुम्हारा हाथ देने वाले हाथ से हमेशा नीचे होता है एवं सिर भी झुका हुआ। छाया लेने के लिए वृक्ष के नीचे जाना पड़ता है। ज्ञान लेते वक्त तुम जितना अधिक नम्र और खुश रहोगी, उतना ही अधिक और अच्छी तरह से यह तुम्हें प्राप्त होगा। तुम्हारे क्रोध में रहने पर कोई कितना भी तुम्हें यह देना चाहे, पर प्राप्त नहीं होगा।

सफलता

शांत जल में ही अपनी छवि दिखती है और स्थिर वायु में ही जलता हुआ दीपक रोशनी दे सकता है। सभी चीजों को जानने और सीखने के अपने-अपने तरीके हैं और इतनी सारी विभिन्नताओं को सँभालने के लिए तुम्हारे पास एक मस्तिष्क भी है, लेकिन तुम उससे कितना प्यार करती हो, इसी पर सारी सफलता निर्भर करती है।

ज्ञान की प्राप्ति

दीये की लौ सूरज के प्रकाश को देखकर भी धीमी ही जलती है। लेखक चाहे कितना भी बड़ा क्यों नहीं हो, कलम अपनी रफ्तार से ही चलेगी। सभी अपने-अपने स्वभाव से बँधे हुए हैं। वे अपने स्वभाव के अनुसार ज्ञान या अज्ञान की चादर ओढ़ना चाहते हैं लेकिन एक ज्ञानी व्यक्ति के पास आँखें हैं और वह बतला सकता है कि ज्ञान कहाँ है और यह कैसे प्राप्त हो सकता है। लेकिन उसे पाने के लिए चलना तो तुम्हें ही पड़ेगा न।

कोई माध्यम खोज लो

अपने सारे कामों में संतुलन रखो, जैसा कि एक नट रखता है, एक डंडे के सहारे। उसी तरह तुम भी कोई माध्यम खोज लो जो तुम्हें अनुशासित करे और संतुलित भी।

जिनका कोई मूल्य नहीं

वे पौधे जिनका कोई मूल्य नहीं, फूलों के आने पर सुंदर लगने लगते हैं। तुम्हें कुछ बातें अच्छी तरह से याद नहीं हैं, लेकिन जितनी याद हैं, उन्हें ही अच्छी तरह से लिखा जाता है तो परीक्षा-पत्र में उनका मूल्य हो जाता है।

परिपक्वता आनी चाहिए

बच्चों के जूते अलग तरह के होते हैं एवं बड़ों के दूसरी तरह के। जैसे-जैसे तुम बड़ी होती जाती हो, तुमसे भी एक पुराने वृक्ष की तरह फल पाने की आशा की जाती है, यानी तुमसे भी कुछ दूसरों को मिलना चाहिए। सभी उम्मीद रखते हैं कि उम्र बढ़ने के हिसाब से तुम्हारी बात, व्यवहार एवं तौर-तरीकों में परिपक्वता आनी चाहिए। अगर ऐसा नहीं होता है, तो तुम दीवार पर लगे एक वट वृक्ष की तरह हो, जो सिर्फ अपने को बचाने के लिए ही संघर्ष कर रहा होता है।

तुम्हारी क्षमता

फल पकते रहते हैं, फूल खिलते रहते हैं और यों समय गुजरता चला जाता है। वह तुम्हारे निर्णय का इंतजार नहीं करते। तुममें अगर यह क्षमता नहीं आई कि किस तरह से इस समय को रोककर उसका इस्तेमाल करो तो समझ लो कि अब देर नहीं करनी चाहिए, जो भी खोया है उसे भुलाकर, सामने जो समय गुजर रहा है उसे पहचानो और उसी के अनुसार अपना निर्णय लो।

रेत के छोटे-छोटे कण

रेत के छोटे-छोटे कण मिलकर ढेर बनते हैं। घड़ी की जो सुई सबसे तेज रफ्तार से चलती है वही बाकी दूसरी दो सुइयों की दिशा निर्धारित करती है तुमने केवल एक साँस ली और समय बीत गया। लेकिन इन छोटे-छोटे पलों में भी तुम कुछ-न-कुछ तो कर ही रही थी।

इसलिए जो बिल्कुल धीरे-धीरे भी काम किये जा रहे हैं वे दिमाग में संकलित होकर कोई-न-कोई विस्तृत आकार एक दिन धारण कर लेंगे, इसलिए व्यर्थ के कामों में अपना समय गँवाकर तुम अच्छी चीजें संकलित नहीं कर पाती, बल्कि जो कुछ अच्छा संकलित होना चाहिए था, उसमें भी बाधा डालती हो या विकृति लाती हो। इसलिए पढ़ना छोड़ने पर तुम्हें पछतावा होने लगता है।

तुम्हें चौकन्ना रहना होगा

क्रिकेट के खेल में, गेंद को बैट से मारे जाने के बाद, सभी ग्यारह खिलाड़ी चौकन्ने हो जाते हैं, मालूम नहीं गेंद किसके हाथ में आ जाए। फिर जिस आदमी के हाथों के पास से यह गुजरती है उसने जरा-सा भी आलस किया, गति के कारण गेंद नीचे गिर गयी।

आज के युग में भी ऐसा ही होता है प्रतिस्पर्धा, जरा-सी भी चूक की कि अवसर हाथ से निकला और दूसरों को प्राप्त हुआ। अवसर आते ही रहेंगे, लेकिन तुम्हें चौकन्ना रहना होगा वरना वे हाथ से निकल जाएँगे।

जो बहुमूल्य है

जितने भी खनिज हैं सभी जमीन के नीचे हैं, कोई ऊपर नहीं। जो बहुमूल्य होता है वह छुपा हुआ होता है। इसलिए कुछ लोगों को विद्या कहाँ है, इसका आभास तक नहीं होता।

दवा की सूक्ष्म मात्रा

दवा की सूक्ष्म मात्रा भी जीवन देती है, दवा सूक्ष्म होकर भी प्राण है। आर्द्रता ? पानी का ही एक रूप है। इसी तरह जो चुपचाप हैं, वे अपने में श्रेष्ठता छुपाये हुए हैं। श्रेष्ठ चीजें झूठ-मूठ के वार्तालाप नहीं करतीं, बल्कि श्रेष्ठ तरीकों से अपनी बात बताती हैं। अच्छे विज्ञापन मौन रहकर भी बहुत कुछ कह जाते हैं।

शक्ति को पहचानो

इस संसार में हर पल कुछ नया हो रहा है और उस नये को जानने के लिए तुम्हें भी एक बदला हुआ मनुष्य बनना होगा। केवल तथाकथित रूढ़िवादी चीजों पर विश्वास करके तुम नया कुछ नहीं कर सकती। सभी चीजों को जानने की कोशिश करो, अपनी आँखों की शक्ति को पहचानो। इसी के सहारे तुम सारी चीजों को उभारना और ढालना सीखती हो।

बुराइयाँ

शरीर में थोड़ा-सा भी जख्म हुआ नहीं कि खून बहने लगा। नाव में छोटा-सा भी छेद हुआ नहीं कि पानी भरने लगा। इस तरह की कितनी ही घटनाएँ होती हैं जो तुम्हारे न चाहते हुए भी अपने आप घटने लगती हैं। बुराइयों की ओर तुमने जरा-सा ध्यान दिया तो वे अपने आप तुम्हारे पास आने लगती हैं। इन चीजों पर बिल्कुल भी ध्यान न देकर अपने आपको बचाया जा सकता है। हमारा मन इसी तरह से काम करता है। जिन चीजों पर थोड़ा-सा भी ध्यान दिया कि वे सक्रिय हो गईं।

छुपी ताकत

नदियाँ हमसे कहती हैं कि जब उनमें बहाव है तो एक-न-एक छुपी ताकत भी है जो उन्हें आगे की ओर भेज रही है। लेकिन वह ताकत अदृश्य है। ऐसा ही हर पाठ के साथ होता है। जो लिखे हुए शब्द और विषय हैं, वे तो सामने हैं किन्तु उनके पीछे एक उद्देश्य होता है, यानी उन्हें पढ़ने का कारण। ऐसे कारणों की जानकारी हमेशा पाठ को अच्छी तरह से समझने में मदद करती है।

सबसे प्रेम करो

जीवन जीने के लिए है और वह भी अच्छी तरह से। तुम सबसे प्रेम करो और यह वैसा प्रेम हो जिसमें वियोग दुख नहीं देता है। तुम बहो नदी की तरह-लय में और अपने ज्ञान रूपी रेत के कण बाँटते जाओ—दूसरों को, ताकि इस रेत से दूसरों के सुन्दर-सुन्दर घर बन सकें। जहाँ गति है वहीं दूरियाँ खत्म हो जाती हैं और तुमसे जब दूसरों को कुछ प्राप्त होता है, तो यह अनुभव तुम्हें बेहद खुशी देता है।

संतुलन बना रहे

तुम जानती होगी कि जिस ओर भी हवा का दबाव कम होता है, हवा उसी ओर तेजी से बहने लगती है ताकि उसका संतुलन बना रहे। तुम्हारे पास भी ढेर सारे विषय हैं, केवल एक के सहारे तुम आगे नहीं बढ़ सकती। तुम्हें भी कम रुचि वाले विषयों की ओर ध्यान देना होगा, ताकि सारे विषयों में संतुलन बना रहे। वैसे ही जैसे किसी भी काम को करने के लिए पाँचों अँगुलियाँ जरूरी हैं।

जिज्ञासा

शरीर चाहे घुप अँधेरे में हो या पानी के तल में अपने भीतर साँस भरने का प्रयत्न कभी नहीं छोड़ेगा। हमारा स्वभाव ही है जानना और सीखना। जब तक उसे यह नहीं मिल जाता उसे पूरी तृप्ति नहीं होती।

कहीं भी मीठा रखो अपनी जिज्ञासा के कारण चींटियाँ पहुँच ही जाती हैं। कोई तुम्हें अच्छी तरह से पढ़ाये या न पढ़ाये तुममें दूसरों से कुछ लेने की काबिलियत होनी चाहिए, बस चीजों को जानने की जिज्ञासा बनाये रखो। शेष कार्य शरीर खुद ही कर देगा।

लिखने का ढंग

किसी भी बात को कम शब्दों में किन्तु सारे तथ्यों के साथ प्रस्तुत करना अच्छा माना जाता है। लिखने का ढंग हमेशा अपना निजी होना चाहिए न कि नकल किया हुआ। इस तरह से सम्भव है कि किसी नयी भाषा-शैली का जन्म हो जो तुम्हारे मन को तरंगित कर दे और निश्चित रूप से वह इतनी सरल हो कि आसानी से समझ में आ जाए। साथ-साथ उस भाषा में अच्छी लय हो जो एक वेग के साथ हमसे जुड़ जाए ताकि उसे बिना पढ़े या सुने, हम रह नहीं पायें। उम्मीद है कि इस दिशा में तुम पर्याप्त परिश्रम करोगी।

नयी पुस्तक को पढ़ना

अचानक जब तुम सड़क पर बहुत सारे लोगों को नयी वेशभूषा में देखती हो, तुम्हें लगता होगा जरूर वे किसी उत्सव में जा रहे होंगे और जहाँ उत्सव होगा, वहाँ हजारों लोग एक साथ होंगे। जैसे बहुत सारे शब्द एक पुस्तक में। ये सभी शब्द वाक्यों की कतार में नृत्य करते हुए बदल-बदलकर अपनी बातें कहते हैं। इन सारे शब्दों को तुम जानती हो, लेकिन बार-बार वे अलग-अलग तरह की बात बोलते हैं जैसे नृत्य में हमारे अंग अलग-अलग मुद्राएँ प्रस्तुत करते हैं। एक नयी पुस्तक को पढ़ना सचमुच एक उत्सव में शामिल होने जैसा सुख देता है।

श्रेष्ठ आधार

एक पेड़ में अगर फूल केवल कुछ ही जगह पर न होकर चारों तरफ फैले हों तो उसकी खूबसूरती बढ़ जाती है। उसी तरह अगर कक्षा में पढ़ने वाले बच्चे बहुत-से हों तो उन्हें देखकर एक शिक्षक का मन खुश होता रहता है। उन्हें लगता है कक्षा का स्तर बढ़ा हुआ है, इन्हें और अधिक ऊँची बातें बतायी जा सकती हैं। क्योंकि हीरा हमेशा सोने जैसी बहुमूल्य धातुओं पर ही जड़ा जाता है लोहे पर नहीं। हमेशा श्रेष्ठ चीजें, श्रेष्ठ आधार पर ही शोभा पाती हैं, इसलिए तुम हमेशा कक्षा में एक श्रेष्ठ आधार बनने की कोशिश करो।

सूक्तियाँ

कई जगहों पर महापुरुषों के लिखे वाक्य या सूक्तियाँ होती हैं जिनको तुम बिना वाद-विवाद के सही और अनुसरण योग्य मान लेती हो। लेकिन तुमने कभी सोचा है कि ये सूक्तियाँ एक लम्बा, कठिन और अनुभवी जीवन जीने के बाद ही हृदय से निकलती हैं। इनके हर शब्द में जीवन से जूझने, उसे समझने तथा बिल्कुल पास से देखने की छाप होती है। तुम जैसे ही इन्हें पढ़ती हो ये अचानक निकली धूप की तरह तुम्हारे मन को प्रकाशित कर देती हैं।

वाक्य एक ऊर्जा है

प्रत्येक सुन्दर वाक्य एक ऊर्जा है जो तुम्हारे मन को चकाचौंध, शक्ति एवं दूरदृष्टि प्रदान करता है। तुमने उसे निहारा और पढ़ा कि नहीं, वे अपने व्यक्तित्व को तुम पर उतारना शुरू कर देते हैं, लेकिन इनके व्यक्तित्व को तुम्हें लेना नहीं है, सिर्फ समझना और महसूस करना है, ताकि तुम अपने मौजूदा व्यक्तित्व में और बहुत सारी विशेषताएँ शामिल कर सको।

इंतजार बुरा नहीं

कहते हैं गुलाब के पेड़ में पहले काँटे आते हैं और वह काँटों से भरा हुआ बिल्कुल भद्दा लगता है, लेकिन जल्दी ही वह अपने में फूल खिलाकर सबका ध्यान आकर्षित कर लेता है।

तुम्हारी पढ़ाई के भी बहुत सारे पाठ ऐसे ही होते हैं जो तुमसे बिल्कुल ही जुड़ न पाते यानी तुम्हें बिल्कुल पसंद नहीं आते लेकिन, इंतजार करना बुरी बात नहीं है। वे पाठ ही एक दिन सबसे अधिक रुचिकर हो जाते हैं, जब उन्हें तुम थोड़ा-बहुत समझने लगती हो और महसूस करती हो कि इनमें कितनी गूढ़ बातें छुपी हुई थीं।

तुम्हारी सजगता

अक्सर घरों के सामने ऐसे पेड़ लगाये जाते हैं, जिनके पत्ते जाड़े में झड़ जाते हैं और धूप आने लगती है। फिर गर्मियों में उसी वृक्ष में पत्ते लौट आते हैं और चारों तरफ छाया हो जाती है। समय के अनुसार पहने कपड़े ही अच्छे लगते हैं और मौसम के अनुसार खान-पान भी। समय के साथ ही हमारे गीत, हमारी भाषा, हमारे नारे एवं नृत्य करने के तरीकों में बदलाव आता है। तुम में भी समय बीतने के साथ बदलाव आते हैं, उनकी तरफ भी निगरानी रखना, जीवन के प्रति तुम्हारी सजगता दर्शाता है।

नयी चीज को देखकर

जिन राजाओं के पास लड़ाई के लिए बड़ी सेना हो, उनके भय से ही छोटे-छोटे राज्य उनके अधीन हो जाते हैं। इस तरह से उनकी ताकत और सैनिक बल में वृद्धि होती रहती है। तुम्हारा ज्ञान भी जितना समृद्ध होगा वह नजर में आने वाले प्रत्येक ज्ञान को ग्रहण करता जाएगा। इस तरह तुम्हारे ज्ञान और कौशल में निरन्तर वृद्धि होती रहेगी, फिर तुम किसी भी नयी चीज को देखकर नहीं घबराओगी।

ज्ञान पाने की इच्छा

जिन्हें छाया चाहिए उन्हें पेड़ मिल जाते हैं, जिन्हें गर्मी चाहिए उन्हें ऊन के कपड़े, जिन्हें जीभ की मिठास चाहिए उन्हें मीठे फल और जब तुममें सचमुच में ज्ञान पाने की जबर्दस्त इच्छा हो तो अच्छी-अच्छी किताबें और अच्छे शिक्षक, किसी-न-किसी माध्यम से मिल ही जाते हैं।

पुस्तकों की ललक

जब तुममें पुस्तकों की ललक होती है तुम पुस्तकालय की तरफ भागती हो, विश्राम के समय भी शिक्षकों से जाकर अपने प्रश्नों के हल पूछती हो और पढ़ते-पढ़ते अपना भोजन करना भी भूल जाती हो। ऐसे प्रेम में पड़कर फिर वापस बाहर लौटना लगभग असंभव है।

संबंध

कमरे में गुलदस्ता रख दो तो कमरा जीवंत हो उठता है, खिड़की के बाहर हरियाली हो तो ठंडी हवा भी जैसे हरापन लिये हुए हमारे पास आती लगती है। सुन्दर-सुन्दर पर्वतों को देखने का भी एक सुख है और छोटी-सी झील में अनगिनत चीजों के समाहित बिम्बों को देखने का भी एक अलग सुख है। एक अच्छी पुस्तक पढ़ते हुए भी हमें इसी तरह की भावनात्मक अनुभूतियाँ होती हैं। हर बार लगता है, तुमसे ही कोई तुम्हारे मन की बात बोल रहा है। कोई अपने अनुभव बाँट रहा है और अद्‌भुत होता है यह प्रेम कि तुम भूल जाती हो कि दुनिया में इससे भी अच्छा संबंध हमारा किसी चीज से हो सकता है।

पुस्तकें

पुस्तकों के सामने झूठ, कपट, बेईमानी, लापरवाही, घमंड, ध्यानाभाव, आलस्य, शीघ्रता आदि दोषों से ग्रसित व्यक्ति बिल्कुल अलग-थलग हो जाता है। वह पुस्तकों की ऊँचाई तक नहीं पहुँच पाता। आश्चर्य होता होगा तुम्हें यह सोचकर कि इतनी सारी बाधाओं को तोड़कर कितने संयम के साथ एक पुस्तक के निकट आ पाती हो और फिर एक अच्छे ज्ञान का विश्राम तुम्हें मिलता है। पुस्तकें ही वह जगह हैं जहाँ कोई निर्देश या कानून नहीं लिखा हुआ है लेकिन तुम अपने आप नतमस्तक होकर उसकी सत्ता को स्वीकार कर लेती हो।

पाठ का मूड

हर पाठ का एक मूड होता है जैसे वाणिज्य की पढ़ाई में व्यापारी मूड, गणित की पढ़ाई में जोड़-तोड़ का, भौतिकी की पढ़ाई में वैज्ञानिक, रसायन की पढ़ाई में प्रयोगशाला का, इतिहास की पढ़ाई में प्राचीन, भूगोल में जलवायु आदि-आदि। जब शिक्षक इस मूड को पूरी कक्षा में फैलाने में सक्षम होता है यानी पढ़ाई के विषय के अनुसार ही सभी उस मूड में खो जाएँ तो उनका उद्देश्य पूरा हो जाता है। जैसे कक्षा में अगर देशभक्ति की बात बतायी जाए तो छात्राओं में देश के लिए कुछ करने का जोश पैदा हो जाए।

सामंजस्य

एक माली जब गड्ढा खोदने के काम से थक जाता है तो पानी देने लगता है और पानी देने के काम से ऊब जाता है तो फूल तोड़कर माला बनाने जैसा सरल काम अपने हाथों में ले लेता है। इसी तरह से सरल और कठिन कार्य हमारी दिनचर्या में शामिल होते हैं। एक से थके या ऊबे दूसरे को थाम लिया, दूसरे से थके या ऊबे तीसरे को थाम लिया। इस तरह के सामंजस्य से पढ़ाई का काम भी चलता रहता है। तुम्हें भी अपनी रुचि के बदलाव के अनुसार अलग-अलग पुस्तकों को पढ़ना अधिक लाभ देगा।

ज्ञानार्जन

धीरे-धीरे ज्ञानार्जन करते-करते हम बँध जाते हैं ज्ञान की असंख्य तहों से, लेकिन इसके गुलाम कभी भी नहीं। यह हमारे हाथ और पाँव की तरह, हमारे सारे क्रिया-कलापों में शामिल होता है और हमारा सहायक भी होता है मुसीबतों से लड़ने और उलझे हुए कामों को सुलझाने में।

पाठ पढ़ते समय

एक पाठ पढ़ते समय तुम देखोगी कि हर पाठ में कुछ महत्त्वपूर्ण चीजें छुपी हैं, उन चीजों के बारे में बताना उस पाठ का मकसद था और उस महत्त्वपूर्ण बात से ही परीक्षा के लिए प्रश्न बनते हैं। अतः उस महत्त्वपूर्ण को पहचानो फिर प्रश्न अपने आप तुम्हारे दिमाग में उपजने लगेंगे।

अगर समय कम हो

कई बार मजबूरी और अभाव में लोग लालटेन को थोड़ी देर के लिए जलाकर खाना बनाने जैसा महत्त्वपूर्ण कार्य करते हैं फिर उसे बुझा देते हैं यानी केवल बेहद जरूरी कार्यों में ही उसकी रोशनी का प्रयोग करते हैं, ताकि उसका ईंधन बचा रहे। परीक्षा देते समय अगर तुम्हारे पास समय का अभाव हो और कई प्रश्नों के उत्तर देने हों, उस समय केवल महत्त्वपूर्ण बातें लिखकर ही उत्तर को संक्षिप्त किया जा सकता है और बाकी कम महत्त्व वाली बातों को छोड़ा जा सकता है।

जीवन का एक सत्य

नावें चल रही हैं, फसलें बढ़ रही हैं, पौधों में फल-फूल आ रहे हैं, कुएँ पानी दे रहे हैं और बच्चे अपना नटखटपन छोड़ने की कोशिश में हैं। यानी सभी एक सफल रास्ते की ओर अपना मकसद पूरा करने हेतु बढ़ रहे हैं। लेकिन कभी किसी का काम खत्म नहीं होता। एक काम पूरा होते ही दूसरा काम हाथ थाम लेता है और काम करते-करते एक दिन पूरी जिन्दगी कट जाती है। यह जीवन का सत्य है।

पीछे छूट जाने का भय

जब बगीचे के एक पेड़ में कीड़े लग जाते हैं तो सारे वृक्षों में दवा छिड़की जाती है। जब एक बच्चे को चेचक हो जाती है तो सारे बच्चों को टीका लेने के लिए आगाह किया जाता है। इसलिए एक चोरी, एक दुर्घटना, एक बीमारी, एक असामयिक मौत आदि जैसी घटनाएँ सबके सामने उदाहरण बनकर आती हैं। तुम्हारी कक्षा में एक बच्चा फेल होता है, उसका साथ सभी बच्चों से छूट जाता है। कितना बुरा लगता होगा कि सभी लोग आगे बढ़ रहे हैं और वह पीछे छूट रहा है। यह पीछे छूट जाने का भय भी बच्चे को पढ़ाई के लिए प्रेरित करता है।

अपने अंदर झाँको

कोई मशीन अच्छी तरह से काम नहीं कर रही हो तो उसमें आयी खराबी की जाँच चारों ओर से की जाती है, ताकि उसकी गुणवत्ता पहले की तरह ही कायम की जा सके। अगर तुम्हारे परीक्षाफल में गिरावट आ रही है, या तुम्हारी रुझान पढ़ने में पहले जैसी नहीं रही या अपनी पूरी कोशिशों के बावजूद ठीक से नहीं पढ़ पा रही हो तो यह चिंता का विषय होगा। तुम्हें अपने भीतर झाँककर देखना होगा कि आखिर यह कमी आयी क्यों? अनुभवी लोगों से भी तुम इस विषय में राय ले सकती हो। अगर तुममें सचमुच शिक्षा के प्रति समर्पण का भाव होगा, विद्यार्जन की भूख होगी, एकाएक तुम फिर से ठीक हो जाओगी, बिल्कुल पहले की तरह।

पछतावा भूल आगे बढ़ो

जब काम सही तरीके से नहीं किये जाते हैं तो उनके परिणाम बुरे आने शुरू हो जाते हैं और पछतावा होता है। यह पछतावा बाद की घटना है यानी एक मानसिक दर्द है जो काम के ठीक ढंग से नहीं हो पाने या कर पाने के कारण उत्पन्न हुआ है। अब इस दर्द से छुटकारा तभी हो सकता है जब तुम पुरानी बातों को भूलकर नये सिरे से अपने काम में लग जाओ, वरना अगर पुरानी घटनाओं को ही सिर्फ सोचती रहोगी तो फिर नयी चीजें करने के लिए तुम्हारे पास समय ही नहीं होगा।

संतुलन जरूरी

जब शिक्षक केवल एक या दो बच्चों पर ही अधिक ध्यान दे तो बाकी बच्चों के बीच अविश्वसनीय होकर अपनी साख खो बैठेगा। केवल एक विषय को ही अत्यधिक चाहने से दूसरे विषय कमजोर हो जाते हैं। केवल हाथों के व्यायाम से पैर कमजोर रह जाते हैं। केवल पढ़ना ही पसंद करते रहने से लिखते वक्त विवरण कमजोर पड़ जाते हैं। केवल प्रश्न उठाते रहने पर कक्षा में उन्हें स्वयं हल कर लेने की प्रवृत्ति धीमी पड़ जाती है। इस तरह से तुम देखोगी कि सभी चीजों में सामंजस्य एवं व्यावहारिकता कितनी जरूरी है। हमारा जीवन हमेशा संतुलन चाहता है।

ताजगी

नदी का जल कभी रुकता नहीं, हमेशा अपने किनारों को देखता हुआ आगे बढ़ता जाता है। तुम्हारी आँखें भी इसी तरह एक वाक्य से दूसरे नये वाक्यों की तरफ सरकती हुई होनी चाहिए। तुममें एक गति होनी चाहिए कि नयी-नयी चीजों को हमेशा पढ़ती रहो ताकि मन में हमेशा कुछ-न-कुछ ताजी चीजें भरती रहें, हर दिन।

इंतजार तो परीक्षा है

इंतजार करना सिर्फ समुद्र की ओर देखते रहना नहीं है कि एक दिन जहाज आएगा और तुम्हें साथ ले जाएगा। बल्कि इंतजार तो एक परीक्षा है कि हर दिन तुम कितनी तैयारी करती हो अपने को विकसित करने की, साथ ही किस तरह से मजबूत बनाती हो अपने आपको विपरीत परिस्थितियों से लड़ने के लिए। तुम इसी तरह से हमेशा चुस्त और सजग होती हो और जिस दिन भी तुम्हें प्रगति का कोई अवसर मिलता है, तुम अपने आपको उसके लिए उपयुक्त और सही सिद्ध कर पाती हो।

सफलता

तुम जब अच्छी तरह से पढ़ती हो लगता है जैसे सब कुछ ठीक-ठाक चल रहा है। शिक्षक भी मौन रहकर तुम्हें पसंद करते हैं, किताबें तथा कॉपियाँ सभी अच्छी स्थिति में होती हैं। मन प्रसन्न होता है। सारे काम ठीक समय पर संपन्न होने के कारण मन में कोई दबाव नहीं रहता और जब एक दिन परीक्षाफल में काफी अच्छे नंबर से उत्तीर्ण होती हो तो अनजाने में ही सब वाह-वाह कर उठते हैं। तुम्हारा मन खुशी से झूम उठता है। सभी तुम्हारे प्रशंसक हो जाते हैं और तुम्हारा परीक्षाफल तुम्हें विद्यालय की सबसे ऊँची सीढ़ी पर पुरस्कार लेने के लिए पुकारे जाने लायक बना देता है।

सहारा

एक वृक्ष की सभी डालियाँ एक तरह से नहीं बढ़तीं, सारे हथियार संहारक हैं लेकिन अलग-अलग ढंग से वार करते हैं, एक ही तरह का नमक है लेकिन प्रत्येक व्यंजन को अलग-अलग स्वाद प्रदान करता है। एक ही प्रश्न है लेकिन उसके उत्तर देने की शैली सबकी अलग-अलग होती है। तुम्हारे लाख चाहने पर भी तुम्हारे घनिष्ठ मित्र भी तुम्हारी तरह तरक्की नहीं कर सकते, उन सबकी अपनी-अपनी दिशा है, अपना-अपना आधार है। इसलिए खास मित्रों की असफलता से बहुत अधिक दुखी होना या उनके दुख में ही अपने को घोल लेना, तुम्हें भी उनके ही मार्ग पर ले जाएगा एक दिन। डालियों को सहारा कुछ ही दिनों के लिए देना अच्छा होता है, हमेशा के लिए नहीं।

तुम्हारी सक्रियता

घर में जब अनाज खरीदकर लाया जाता है तो उसे साफ करने, पीसने, गूँधने, पकाने एवं परोसने में अनेक लोगों की सक्रियता बढ़ जाती है। लेकिन तुम्हारी पढ़ाई में सिर्फ तुम्हें अकेले सक्रिय होना पड़ता है, इसमें दूसरों की सक्रियता कोई लाभ नहीं पहुँचाती, लेकिन अगर तुम सफल लोगों से प्रेरणा लेती हो तो वे तुम्हें और अधिक सक्रिय होने में मदद पहुँचाते हैं। इसलिए तुम्हारी अधिकतम सक्रियता के लिए उच्चतम प्रेरणा की आवश्यकता होती है।

रुचि

धार्मिक ग्रंथ समान रुचि वाले लोगों के सामने ही खोले या पढ़े जाते हैं। तस्वीरें खींचते समय छोटे और बड़े कद वाले बच्चों को आगे और पीछे कतार में सजाकर ही लोगों को मन भाने वाली तस्वीर ली जाती है। गुलदस्ते बनाते समय मन को लुभाने वाले आकार में ही फूलों को सजाया जाता है, तभी लोग उसे पसंद करते हैं। तुम्हारी जो भी चीजें हैं जब तक वे दूसरों की रुचि पर खरी नहीं उतरतीं, तब तक कोई उन्हें पसंद नहीं करता। इसलिए इस तरह से लिखो या किसी भी चीज का सृजन करो, जो दूसरों की रुचि में भी खरी उतरे।

प्रेरणादायी वाक्य

जिस तरह से दुश्मन को आते देखकर सिपाही या जिनके पास अस्त्र हैं, वे उन्हें बाहर निकालकर अपने आपको मजबूत कर लेते हैं। लेकिन वे लोग जिनके पास अस्त्र नहीं हैं और अकेले हैं, इन विपत्तियों और दुख की घड़ी में पुस्तकों तथा प्रेरणादायी वाक्यों का सहारा लेते हैं। यही उनका अस्त्र होता है। यही उन पर हुए अपमानजनक हमलों और सताये जाने वाले दुख को हल्का कर देते हैं और इन विपरीत शक्तियों के विरुद्ध उन्हें खड़ा रखते हैं।

सही स्थान

अखबार की खबरें सबके लिए होती हैं, इसलिए उसमें कोई लुकाव या छिपाव नहीं होता, लेकिन पत्र या खास बातें जो बिल्कुल निजी होती हैं उन्हें सभी को नहीं बताया जा सकता। उनका सुरक्षित और गुप्त रूप से आदान-प्रदान किया जाता है। कहते हैं एक गोली चलने पर कौआ सारे गाँव में शोर मचाकर साथियों को सावधान कर देता है, लेकिन रोटी मिलने पर चुपचाप खा जाता है, अपने मुँह पर दाग भी नहीं छोड़ता। एक सैनिक लड़ाई में लगे जख्मों को सभी को दिखाता है लेकिन एक चोर-उचक्का अपने जख्मों को छुपाता फिरता है। इसलिए जिन चीजों को तुम्हारी अलमारी में होना चाहिए उन्हें वहीं पर रहना चाहिए और जो तस्वीरें दीवार के लिए हैं उन्हें वहीं पर टाँगा जाना चाहिए।

अँधेरा छँटने दो

जैसे ही रात के अंधकार को सुबह का प्रकाश मिलता है उसका अँधेरा छँटने लगता है। हमारी अज्ञानता में भी प्रकाश की किरणें पहुँचते ही वह ज्ञान में बदलने लगता है। लेकिन हमारी अज्ञानता की शृंखला इतनी लम्बी और गहराई तक है कि उसे हर दिन धीरे-धीरे, टुकड़ों में ही प्रकाशित किया जा सकता है। इसलिए जितना भी ज्ञान तुम हासिल कर लो, अज्ञानता का अंश हमेशा ही तुममें बचा ही रहता है। साथ ही इस अज्ञानता को दूर करने की भूख भी बनी रहेगी और साथ-साथ यह समय भी यूँ ही गुजरता जाएगा।

विद्वानों का संग

एक सुंदर बगीचे में तुम जितनी बार जाती हो, हर बार तुम्हें एक नयी अनुभूति होती होगी। हर बार नये-नये फूल, नये-नये पक्षी, नये-नये फल, नयी तरह की हरियाली देखने को मिलती है जो मन को तरो-ताजा कर देती है। इसलिए वहाँ बार-बार जाने को मन करता है। ऐसी ही खुशी विद्वानों के संसर्ग से भी मिलती है। हर बार कुछ नया सीखने को मिलता है। उनके सृजनात्मक अनुभव हमारी सृजन-प्रक्रिया में प्राण फूँक देते हैं।

अर्थवान ज्ञान

जीवन की प्राण शक्ति, कमजोर और पस्त देह से अपना स्थान छोड़ देती है। पकने के बाद चावल और गेहूँ जैसे अन्न संचय के योग्य नहीं रह जाते और जो संचय के योग्य नहीं होता उसे जल्द-से-जल्द नष्ट करने की हमारी प्रवृत्ति होती है। इसलिए तुम्हें जहाँ-जहाँ मोती जैसा टिकाऊ अर्थवान ज्ञान मिलता है केवल उसे ही संचित करो। साधारण ज्ञान की कोई लम्बी उम्र नहीं होती न ही उसका वैसा महत्त्व होता है।

अनमोल खजाना

सारी मूल्यवान चीजों को अपना अर्थ या गुण दर्शाने के लिए प्रकाश चाहिए। तुम्हारे भीतर जो कुछ भी मूल्यवान है वह अंधकार में है, उस पर प्रकाश पहुँचाने के लिए रास्ते चाहिए। ये रास्ते तुम पुस्तकों से प्राप्त करती हो। फिर तुम उन्हें जाँचती हो और अपने अद्‌भुत एवं बहुमूल्य खजाने के भीतर दाखिल होती हो।

संबंधों की समझ

एक नारी अपने पति का सहारा पाकर, लालटेन की लौ पारदर्शी काँच का सहारा पाकर, जंगली कुत्ते रात का सहारा पाकर, बदमाश लोग बदमाश का सहारा पाकर, राजनीतिज्ञ आम जनता का सहारा पाकर तथा सैनिक देशभक्ति के गीत सुनकर मजबूत हो जाते हैं। इस तरह से अनेक तरह के संबंधों से चलती है यह दुनिया। इन अलग तरह के संबंधों को जानते एवं समझते हुए चलते रहना होता है हमेशा।

जिम्मेदार लोग

एक अच्छा चरवाहा पशुओं को हरी-भरी जगह में ही चराने ले जाता है न कि सिर्फ अपने आराम के लिए नजदीक की किसी सूखी हुई जगह में। जिम्मेदार लोग वहीं होते हैं जो अपने को कठिनाइयों में रखकर भी दूसरों के सुख को देखते हैं और दूसरों की खुशी में अपने आप को भी शामिल कर लेते हैं। ऐसे जिम्मेदार लोगों के कारण बहुत सारे लोगों को प्रकाश तो मिलता है लेकिन वे अपना प्रकाश खोते नहीं, साथ-साथ इसमें वृद्धि भी करते जाते हैं।

दिमाग में पीछे की ओर

युद्ध खत्म होने के बाद सारे अस्त्रों को फिर से छिपा दिया जाता है वैसे ही परीक्षा के समय तुमने जिन अंगों को जाग्रत कर रखा था, उन्हें विश्राम की भी आवश्यकता होती है। दिन बीतने के साथ-साथ पुराना ज्ञान धीरे-धीरे दिमाग में पीछे की ओर खिसकता हुआ संग्रहीत होता जाता है और नये-नये ज्ञान और नयी-नयी चीजों की जानकारियाँ आगे जुड़ती जाती हैं।

उपयुक्त समय आने पर

पहाड़ों में कई दिनों में धीरे-धीरे बर्फ जमती है और गर्मियाँ आने पर एक वेग के साथ बहकर निकल पड़ती हैं। इसी तरह से तुम्हारा ज्ञान भी धीरे-धीरे जमता है तुम्हारे दिमाग में और उपयुक्त समय आने पर अपने कार्य-सम्पादन के लिए बाहर निकल पड़ता है। इसलिए ज्ञान का जितना अधिक संचय होगा, तुम्हारी कार्यक्षमता उतनी ही बढ़ती जाएगी।

अभ्यास

सबसे तेज दौड़ने वाले घोड़े को भी अगर कुछ दिनों तक दौड़ाया न जाए और वह आराम करता रहे तो उसे दौड़ाने पर दुबारा पहले वाली गति प्राप्त करने के लिए उसे कई दिनों का अभ्यास जरूरी हो जाता है। जब तक तुम्हारी कलम चलती रहती है, पढ़ा हुआ सारा विवरण तेजी से कागज पर उतर जाता है, जैसे ही उसे विश्राम दिया गया, शब्द अपनी कतार भूलने लगते हैं। फिर जो लिखा जाता है न तो उसमें वह लय होती है और न ही वह क्रम।

सृजन

एक नये दर्जी को सबसे पहले फटे-पुराने कपड़े सीने का काम दिया जाता है ताकि वह उन पर अपना हाथ साफ कर ले और फिर नयी चीजों पर हाथ लगाये तो वे नष्ट न हों। कक्षा के आरंभ के दिनों में वाक्यों के बीच खाली जगह छोड़ दी जाती थी और तुम्हें उसे भरने को कहा जाता था। तुम्हारे सही शब्दों के भरते ही वह वाक्य पूरा हो जाता या और अपना अर्थ खोल देता था। इस तरह के अभ्यास से धीरे-धीरे वाक्यों की संरचना तथा उपयुक्त शब्दों का उपयोग कर विषयों में अनुकूल भावनात्मक संरचना तुम पैदा कर पाती हो। तुम्हारा प्रत्येक सृजन अधूरे को पूरा करना ही होता है और चीजें पूरी होने पर उनके प्रति तुम्हारा सृजन समाप्त हो जाता है।

छोटे और सरल काम

दीवार पर टँगी घड़ी से अनगिनत लोग अपना काम चला लेते हैं। कोई मधुर संगीत बज रहा होता है और एक साथ अनेक यात्री इसका आनंद लेते रहते हैं। कहीं कोई अच्छी बात लिखी हो दीवारों पर तो राह चलते अनगिनत लोग उसे पढ़ते हुए जाते हैं। ये उस तरह के सरल काम हैं जिनमें अधिक परिश्रम तो नहीं होता लेकिन फायदा एक साथ बहुत सारे लोगों को होता है। इस तरह के अनगिनत छोटे और सरल काम हुए दुनिया में मौजूद हैं जिन्हें तुम संपन्न कर अनेक लोगों को फायदा पहुँचा सकती हो।

पढ़ाई से प्रेम

एक गाय, एक कुत्ता या कोई पालतू जानवर केवल नाम भर पुकार लेने से सशरीर उपस्थित हो जाता है। किसी के घर का नाम लिया जाता है और उसका पूरा नक्शा ही हमारे सामने होता है। वैसे ही जो पाठ हमारे मन में प्रिय हो जाते हैं, उनका कोई एक नाम अनजाने में मन में संचित हो जाता है और उसे स्मरण करते ही सारा पाठ चित्र की भाँति हमें दिखाई देने लगता है। जितना अधिक तुम अपने प्रिय दोस्तों की तरह चीजों या पाठों से प्रेम करोगी वे उतने ही तुम्हारे नजदीक आने लगेंगे।

अनुभव

सधे हुए हाथ कुछ ही देर में कंकड़ और अनाज को अलग कर देते हैं और नये हाथ केवल कंकड़ की पीड़ा को ही अँगुलियों में महसूस करते रह जाते हैं। अनुभव और परिश्रम असामान्य को भी सामान्य कर देता है। सभी के पास रंग होते हैं, लेकिन उनसे अच्छे चित्र कुछ ही लोग बना पाते हैं।

अनुवाद

किसी भाषा से दूसरी भाषा में अनुवाद करना एक जटिल कार्य होता है, चाहे वह भाषा अपने देश की हो या विदेश की। सभी भाषाओं में अपनी भावना, अलंकार, लय तथा वे सारी चीजें मौजूद होती हैं जो एक अच्छी अभिव्यक्ति के लिए आवश्यक हैं। अब अनुवाद करते समय भी इन सारी बातों का ध्यान रखना होता है, जो पढ़ने का सुख हमें इसकी मूल भाषा में मिलता था वही अनुवादित भाषा में भी मिले। इसके लिए अनुवादक को दोनों भाषाओं का मर्मज्ञ होना चाहिए ताकि अनुवाद के बाद विषय-वस्तु में संप्रेषणीयता के दृष्टिकोण से कोई फर्क न आए।

ज्ञान का प्रभाव

पैसे के अभाव में दियासलाई भी महँगी लगती है और पैसे अधिक हों तो बहुत सारी शौक की चीजें भी इससे खरीदते रहते हैं हम। हर वक्त हमारा ध्यान रहता है कि घर को किस तरह से सजाया जाए और एक अच्छी जिन्दगी जियें हम। वैसे ही जब तुम्हारे पास ज्ञान का भंडार रहता है तो तुम उसे खूब अच्छी तरह से खर्च करना चाहती हो। जैसे सब कुछ सजाकर अच्छी तरह से लिखना, बोलना एवं व्यवहार में अपनी कुशलता दिखलाना आदि और तुम अपने ज्ञान के प्रभाव से ही दूसरे लोगों को चमत्कृत कर देती हो।

पिता

हर पिता हर दिन सोचता है उसके बच्चे के पास वे सब सामग्रियाँ हों, वे सारी सुविधाएँ हों, जिनसे वह अच्छी पढ़ाई कर सके और अपने भविष्य का निर्माण कर सके। वह यथाशक्ति इन सबों को पूरा करने के लिए सब कुछ करता है, यहाँ तक कि अपने सामर्थ्य से बहुत अधिक खर्च करने के दबाव में कई बार वह नींद भी भूल जाता है। बच्चों को इतना सहारा दिया जाना जरूरत से कहीं अधिक है, और इसके एवज में अच्छी पढ़ाई और अच्छा चरित्र ही उनसे माँगा जाता है।

बेहतर भविष्य

बेहतर भविष्य अपने आकर्षण से हमेशा हमें ललचाता रहता है। हमें सारे कष्टों को सह जाने की प्रेरणा और ताकत देता है, जैसे कहता हो तुम अँधेरे में हो और मैं जिस प्रकाश में हूँ उस ओर अपने कदम बढ़ाओ। यही आकर्षण हमारे लिए अंधकार से प्रकाश यानी बेहतर भविष्य को पाने की तड़प बन जाता है और हम रात-दिन मेहनत करने लगते हैं।

स्वास्थ्य जरूरी

जब थैला छोटा होता है तो उसमें कम सामान अँटते हैं और भार भी कम ढो पाते हैं। जब थैला बड़ा होता है तो सामान भी अधिक अँटते हैं और भार भी अधिक ढो पाते हैं। साथ ही थैला बड़ा हो और सामानों से भरा हो तो उसे मजबूत भी होना पड़ेगा। इसलिए तुम जितनी अधिक मजबूत रहोगी उतना ही अधिक जानना, पढ़ना और समझना संभव हो सकेगा। कमजोर और रुग्ण दिमाग से अधिक पढ़ाई के बोझ को उठाने की कल्पना करना भी बेकार है। अत: शरीर को स्वस्थ बनाये रखना बेहद जरूरी है।

श्रेष्ठ चुनाव

लाल रंग की स्याही किसी भी कलम में तुम भरो, वह लाल लिखने लगेगी। उसी तरह काली स्याही किसी भी कलम में भर दो, वह काला लिखने लगेगी। इसी तरह गुण और अवगुण हैं जो भी इन्हें दिमाग में जिस तरह से भरेगा, वे उसी तरह से काम करने लगेंगे। इस तरह से जो तुम्हारे लिए सबसे अधिक उचित और लाभकारी है उसी का चुनाव श्रेष्ठ है, बाकी को छोड़ देना ही उचित है।

स्वभाव

अच्छे हैं ये पशु, जीव-जंतु और पेड़-पौधे आदि जिनका स्वभाव ही कुछ-न-कुछ देना है और उनके देने की आकांक्षा को कोई रोक भी नहीं सकता। पशु अपने आप दूध देते हैं, भेड़ें अपना ऊन, तोते अपनी सुंदरता, फूल अपनी खुशबू जबकि फल धीरे-धीरे स्वाद से भर जाते हैं। उसी तरह अच्छे लोग, सद्गुणों से भरे अपने विचार बाँटते रहते हैं।

अच्छा साहित्य

सभी लोग तुम्हें एक जैसा स्नेह या प्यार नहीं दे सकते, अलग-अलग रिश्तेदारों से अलग-अलग तरह का प्यार मिलता है। ये विज्ञान, व्यवसाय, गणित, कम्प्यूटर आदि विषय तुम्हारी भावनात्मक भूख को शांत नहीं कर सकते, न ही जिन्दगी को अच्छी तरह से चलाने के लिए कोई मार्गदर्शन कर सकते हैं। लेकिन एक अच्छा साहित्य तुम्हारे मन में उठे बहुत सारे सवालों का हल एवं दुविधाजनक स्थितियों से मुकाबला करना सिखाता है साथ ही तुम्हें एक अच्छा मनुष्य, जो समझदार, सभ्य एवं सहृदय है, बनने के लिए प्रेरित करता है।

प्रतिभा

एक ताकतवर सेना के सामने दूसरी कमजोर सेना आत्मसमर्पण कर देती है। अगर तुममें शक्ति है और सामर्थ्य है तथा उसका प्रदर्शन अच्छे तरीके से दूसरे के सामने कर देती हो तो वह तुम्हारी सूझ-बूझ तथा ज्ञान का कायल हो जाता है। उसकी समझ में आ जाता है कि तुम में कितनी प्रतिभा है और तुम्हें किस तरह के महत्त्वपूर्ण कार्य सौंपे जा सकते हैं। इस तरह से तुम्हें पद, नाम और प्रतिष्ठा प्राप्त होती है।

रियाज

लिखना एक मानसिक व्यायाम है जो मन को मजबूती तो प्रदान करता ही है साथ-साथ जो भी तुम जानती हो उसे क्रमबद्ध कर कागज पर उतारने का अभ्यास भी है। यह वैसे ही है जैसे संगीत के सारे सुरों की जानकारी होने पर भी बिना रियाज के स्वर सुरीले बनकर गले में नहीं उतरते।

स्मरण

एक घनिष्ठ मित्र को गले लगाकर बिछुड़ने का क्षण, एक स्वादिष्ट फल का स्वाद, एक खरगोश जैसे कोमल जीव को गोद में लेने का अनुभव, किसी की आर्थिक मदद की याद आदि ये कितनी ही घटनाएँ हैं जो तुम्हारे साथ घटी होंगी और उनका आनंद तुममें मौजूद होगा। ऐसी ही असंख्य घटनाओं के भावनात्मक अनुभव से तुम्हारा हृदय लबालब रहता है। इनके स्मरण मात्र से भी मन खुश हो जाता है। इसलिए जितने अधिक-से-अधिक इस तरह के स्मरण तुम्हारे पास मौजूद होंगे, उतनी अधिक भावनात्मक समझ तुम्हारे भीतर होगी अर्थात् दुनिया की चीजों से अपना अधिक-से-अधिक भावनात्मक जुड़ाव रख सकोगी।

तैयारी

घोड़े जरूर तेज दौड़ जाते हैं समय आने पर सड़कों पर, वैसे ही आँखें पुस्तकों पर, लेकिन इस तेजी में आँखों से छूट जाता है कितना कुछ देखना और समझना भी। परीक्षा के ठीक समय या एक या दो दिन पहले की जाने वाली तैयारियाँ भी कुछ इसी तरह की ही होती हैं।

पारखी

सोना जब अपनी शुद्ध अवस्था में होता है उस वक्त उसका मूल्य अधिकतम होता है लेकिन खोट मिला देने पर अपना मूल्य खो बैठता है। इसलिए जो सुन्दर एवं अच्छी बातें हैं उन्हें जब विकृत लोग हमारे सामने रखते हैं तो उनके अर्थ को ही बदल देते हैं। क्योंकि वे इन्हें ठीक तरह से नहीं जानते। एक सही पारखी ही प्राचीन मूर्तियों का मूल्य जानते हैं और पुश्त-दर-पुश्त उसकी रक्षा करते हैं।

कला की जीभ

तुम कितने ही अच्छे कपड़े पहनकर सज-धजकर बैठी हो, लेकिन बातचीत करने का सलीका नहीं है तो मुँह खोलते ही तुम्हारा सारा सौन्दर्य खत्म हो जाएगा। शुद्ध सोने को भी जब तक अच्छा कारीगर जेवरात का सुन्दर रूप नहीं दे देता तब तक वह एक धातु ही है बस। लकड़ी और पत्थरों में की गयी नक्काशी के बाद ही उनका मूल्य बढ़ जाता है, वरना वे बेकार हैं। इस तरह तुम देखोगी कि अच्छे ज्ञान एवं कला की ही जीत होती है, इनके अभाव में चीजें थम गयी-सी लगती हैं, बिल्कुल प्रभावहीन।

मानसिक आघात

ये दोस्तों के झगड़े, पारिवारिक कलह, किसी चीज का खो जाना आदि मानसिक आघात हैं। ये दिमाग के संतुलन को क्षत-विक्षत करते हैं, लेकिन अगर तुम्हारा मन सुदृढ़ है और किताबों की पढ़ाई में ही ज्यादा लिप्त है तो फिर इस तरह के आघात अक्सर तुम्हारा कुछ बिगाड़ नहीं पाते।

प्रगति

थोड़े-थोड़े दिनों में प्राप्त हुई शिक्षा से अपनी प्रगति को जाँचना तथा प्राप्त हुई शिक्षा को उपलब्धि मानकर खुश होना अच्छी बात है, लेकिन इसे कोई पूर्णविराम नहीं समझना चाहिए बल्कि पूर्णविराम के बाद फिर से एक नये वाक्य का लिखा जाना और इनकी शृंखला बनाते हुए कभी न खत्म होने वाले पूर्णविराम की ओर बढ़ना ही तुम्हारा ध्येय है।

आत्म विश्लेषण

कभी-कभी प्रश्न उठता है आखिर क्या हो तुम, क्या हैं तुम्हारी जानकारियाँ, कहाँ तक है तुम्हारी समझ और एक उम्मीद भरी जगह तक पहुँचने के लिए तुमने जो अपना मार्ग चुना है, उसमें कहाँ तक पहुँची हो तुम अब तक। ये सब आत्म विश्लेषण की बातें हैं और अपने को जाँचने का राज है। अगर तुम सचमुच होश में हो तो मनगढ़ंत सपनों से अपने को आत्ममुग्ध न करके, अपनी स्थिति की सच्चाई की ओर झाँकने का प्रयास करोगी।

कला की बारीकी

सधे हुए हाथ सब्जियों को उसी तरह से काटते हैं, जिस तरह से वे पकने पर स्वादिष्ट लगें न कि मूर्खों की तरह जो सब्जियों को इतना बारीक काट देते हैं कि उनका कोई स्वाद ही नहीं रह जाता। एक ही पत्थर को अलग-अलग कारीगर अलग-अलग आकार देते हैं लेकिन कला की बारीकी जिसमें सबसे अधिक होगी उसी की कलाकृति सबसे अच्छी होगी। उत्तर तो सभी देते हैं लेकिन तुम्हारे उत्तर में सधे हुए हाथों जैसी जो विशेषता होगी उसे ही श्रेष्ठ उत्तर माना जाएगा।

ज्ञान की ताकत

तरह-तरह की मुसीबतें आती रहती हैं हमारी जिन्दगी में और हम अपने उपलब्ध ज्ञान का इस्तेमाल कर अक्सर सफल होते हैं। लेकिन कभी-कभार असफल भी हो जाते हैं। हमारा ज्ञान जिस तरह का भी हो, हम उसे कोसते नहीं हैं न ही कभी उसे दूर रखने की कोशिश करते हैं। यही ज्ञान की ताकत है, क्योंकि यही तुम्हारी ताकत है।

शिक्षित लड़की

एक शिक्षित लड़की का पिता हर समय एक तसल्ली में रहता है कि शादी के बाद वह ससुराल के नयेपन और बदलाव से आसानी से मुकाबला कर लेगी साथ ही अगर कभी अभाव की स्थिति आ भी जाये तो वह टूटेगी नहीं, जीवन-यापन के लिए कोई-न-कोई रास्ता जरूर निकाल लेगी या जरूरत पड़ी तो अपने पति के कामों में भी मदद करेगी। उसको दी गयी शिक्षा उसके हर टूटते पल में उसका सहारा रहेगी।

सुंदरता

एक कुत्ते का सिर्फ स्वामिभक्त होना ही काफी नहीं है बल्कि हमेशा चुस्त रहना, घर की निगरानी करना, अनुशासन में रहना, जरूरत से अधिक न भौंकना आदि गुण भी उसमें होने चाहिए। यानी कोई भी चीज अपनी संपूर्णता में ही सुंदर कहलाने योग्य है, पहले नहीं। इसलिए कक्षा में सिर्फ तुम्हारा प्रथम आना ही पर्याप्त नहीं है बल्कि विद्यालय के खेलकूद, सांस्कृतिक कार्यक्रमों, अनेक लोगों के बीच संबोधन करने, सबसे सद्भावना बनाये रखने में निपुणता के साथ ही जब विद्यालय के अनुशासन का भी सही-सही पालन करती हो तभी एक अच्छी छात्रा कहलाती हो।

शब्दकोष के शब्द

एक शब्दकोश में हजारों शब्द होते हैं सभी के कुछ-न-कुछ अर्थ होते हैं। सभी के अर्थ हमारी रोजमर्रा की जिंदगी से जुड़े हैं। जितनी सारी हमारी भावनाएँ, जितनी सारी हमारी क्रियाएँ, जितने सारे हमारे सोच और जितने सारे पदार्थ उपलब्ध हैं, सभी को व्यक्त करने के लिए शब्द। यही तो है भाषा, ताकि जो भी घटना हो उसके अनुरूप शब्दों का सहारा लेकर उसे सही-सही व्यक्त किया जाए। दुर्घटनाओं के लिए शोक से भरे शब्द, खुशियों के लिए हँसी-मजाक के और युद्ध के लिए खून-खराबे जैसे शब्द। तुम डिक्शनरी पलटती जाओ और प्रत्येक शब्द को पढ़ो, तुम्हें लगेगा इसका ही इस्तेमाल तुम वर्षों से करती आ रही हो।

आलस्य

एक काम तब तक अधूरा रहता है जब तक वह पूरा नहीं हो जाता और उसके पूरा होने से अत्यधिक खुशी होती है। लेकिन सचमुच में तुम मेहनती छात्रा हो तो फिर तुम्हारे पास एक नहीं बहुत सारे अधूरे काम हमेशा मौजूद होते हैं। सभी क्रम-दर-क्रम पूरे होते जाते हैं फिर नये आते जाते हैं। एक कठिन पाठ को पूरी तरह से हल कर लेना अपार खुशी देता है, इसलिए तुम इन सबका निपटारा करती जाती हो। यह सच है कि जिस दिन तुम्हारे पास अधूरे कामों की श्रृंखला नहीं रहेगी, उस दिन तुम गौर करोगी, तुम्हारे अंदर आलस आ गया है और तुमने काम करना बंद कर दिया है या उसकी ओर से आँखें चुरा रखी हैं।

आत्मनिरीक्षण

कभी-कभी लोग दूसरों के काम पर विश्वास नहीं करते हैं तो फिर उनके द्वारा किये जा रहे कामों का सारा ब्योरा, उससे संबंधित कागजात उन्हें दिखलाये जाते हैं ताकि उन्हें विश्वास हो जाए कि जो काम हो रहे हैं वे सही ढंग से हो रहे हैं। यह भी एक अच्छी पद्धति है कि तुम स्वयं को निरीक्षक मानकर, जो भी तुम पढ़ती हो हर दिन उसका ब्योरा दर्ज करो और उस डायरी में पढ़ते हुए कौन-कौन से विषय तुम ठीक से समझ न पायी या वे तुम्हें अच्छे नहीं लगे, इन बातों का भी जिक्र हो। महीने के अंत में तुम्हें अच्छी तरह से मालूम हो जाएगा कि तुम्हारी प्रगति किस दिशा की ओर है तथा पढ़ाई पर तुमने कितना समय दिया और कितनी मेहनत की।

परीक्षा

एक रेलगाड़ी में बैठने के बाद हमारे हाथों में कुछ भी नहीं होता, बस एक मूकदर्शक की तरह रास्ते को गुजरते हुए देखते भर रहना होता है। परीक्षा के दौरान भी हम इतने ही सिमटकर रह जाते हैं, जबकि हम जानते हैं हमारे पास ज्ञान बहुत सारा है, लेकिन निश्चित समय में केवल पूछे गए प्रश्नों के उत्तर ही हमें देने होते हैं। हमारा ज्ञान कसमसाकर रह जाता है कि उसके लिए न तो पर्याप्त जगह है और न ही समय। कई बार अफसोस होता है कि वे प्रश्न क्यों नहीं पूछे गए, जो अधिक महत्त्वपूर्ण थे और उनके उत्तर हम अच्छी तरह से जानते थे। लेकिन सब कुछ हमारे हाथों में नहीं होता।

संयम

गधे को पैदा होते ही काम पर नहीं लगाया जाता न ही पेड़ की पतली डालियों पर झूले बाँधे जाते हैं। धीरे-धीरे उनकी परिपक्वता के अनुसार सभी पर भार डाला जाता है। तुम अगर दसवीं कक्षा की छात्रा हो और तुमसे चुम्बक पर जानकारी माँगी जाती है तो वह एक सीमा में ही होगी, जबकि ऊँची कक्षाओं में जाते-जाते इस संबंध में जानकारियाँ एवं विवरण असंख्य पन्नों में हो सकता है। इसलिए शिक्षकों की पढ़ाई पर भरोसा रखकर क्रम-दर-क्रम अपने कोर्स के अनुसार पढ़ना सीखना चाहिए, न कि ऊँची उड़ान लेने के लिए आवश्यकता से अधिक विवरण जो ऊँची कक्षा के लिए उपयुक्त हैं उन्हें इकट्ठा करने की कोशिश करनी चाहिए। यह भी एक प्रकार का संयम है यानी उपयुक्त बातों को ही लिखना एवं बोलना।

स्वाभिमान

लोगों की आम प्रवृत्ति है बातों के दौरान अपना महत्त्व दूसरे पर दर्शाने की। इस तरह से उन्हें लगता है कि वे दूसरों पर हावी हो गए हैं। लेकिन इस तरह की एकतरफा आत्मकेंद्रित बातचीत दूसरों को ठीक नहीं लगती क्योंकि सबका स्वाभिमान है, सभी की कुछ-न-कुछ खासियत है तथा उपलब्धियाँ भी हैं।

जब बातचीत में एक-दूसरे के बीच भावनाओं का संतुलन हो तभी अच्छी बातचीत संपन्न होती है। अपने बारे में बताना कोई गलत बात नहीं, लेकिन उसे एक अनुभव की तरह बताया जाना चाहिए न कि अपना बड़प्पन सिद्ध करने के लिए। दूसरों पर हावी होने की प्रवृत्ति उन्हें चाँटा मारने के तुल्य ही होती है।

शैक्षणिक स्नान

विद्यालय में पढ़ाई, घर लौटने पर पढ़ाई और यहाँ तक कि सोते समय भी पढ़ाई के ही सपने। अब तुम समझ सकती हो कि वर्षों-वर्षों से तुम्हारा शैक्षणिक स्नान हो रहा है और आगे भी होता रहेगा। यह एक ऐसी योजना है, जिसमें हर दिन तुम पर शिक्षा और ज्ञान का एक आवरण चढ़ता जाता है, जिसे कवच की तरह हमेशा अपने साथ लिये चलना है, मरते दम तक। फिर ऐसी योजना में तुम्हारे गंभीरतम जुड़ाव की आवश्यकता नहीं है क्या?

विकास

एक पढ़े-लिखे व्यक्ति में सभी चीजों को समझने और जानने की जागरूकता एवं तत्परता होती है। वह फूल की ओर देखता है और उसके सौन्दर्य का आनंद लेता है, उसे उगाना चाहता है, उसका नाम जानना चाहता है, उसके बीज चाहता है, उन बीजों को दूसरों को बाँटना चाहता है। ऐसी चीजों का विकास सिर्फ किताबों के पाठन से ही संभव है उसके बिना नहीं।

वाक्पटुता

जिसमें बहाव कम हो, उस नदी को कौन पसंद करेगा। कुश्ती लड़ते समय खिलाड़ी अगर कौन-से दाँव-पेंच इस्तेमाल किया जाए, यह विचार करने लगे, तब तक तो वह हार चुका होगा। गोली पाँव में मारें या सिर पर, इतना भर सोचने तक शिकार हमसे दूर निकल चुका होता है। अतः बुद्धि या संचित ज्ञान का समय आने पर अगर तेजी से इस्तेमाल नहीं होता, तो हमारा सारा ज्ञान व्यर्थ चला जाता है। इसलिए भी वाक्पटुता कई बार चमत्कारी सिद्ध होती है।

व्यक्तिगत समस्या

सामूहिक तनाव में सभी का दुख एक जैसा होता है इसलिए लगता है कि हम एक साथ हैं और यह सोचकर सभी का दुख थोड़ा हल्का हो जाता है लेकिन व्यक्तिगत तनाव निजी झगड़ों या अपनी इच्छाओं के पूर्ण न होने के कारण उपजते हैं, उन्हें खुद ही दूर करना होता है। जैसे अन्न के अभाव में बहुत सारे लोग भूख से तड़प रहे हैं तो यह एक सामूहिक समस्या है लेकिन अगर अन्न के होते हुए भी कोई बीमार है तो यह उसकी व्यक्तिगत समस्या है। तुम एक शिक्षक से कक्षा में उत्पन्न हुई पढ़ाई से संबंधित सामूहिक समस्या का हल करने की उम्मीद रख सकती हो, लेकिन अपनी व्यक्तिगत समस्याओं के समाधान का नहीं।

टुकड़ों में समाधान

ज्यों-ज्यों तुम बड़ी होती जाओगी, देखोगी कि समस्याएँ टुकड़ों में अपना हल माँगती हैं। कई तरह की समस्याओं को तुम जब हल करती हो तब जाकर एक कार्य सम्पादित होता है। क्योंकि आधुनिक युग में एक कार्य को सम्पादित करने के लिए उससे जुड़े बहुत-से काम करने होते हैं। जैसे एक पेड़ की सही देख-रेख के लिए उसमें नियमित रूप से पानी देना, खाद देना, पत्तों को साफ रखना, उन पर दवा छिड़कना, जड़ों के आस-पास की धरती को साफ रखना, अनावश्यक डालियों को काटते रहना आदि अनेक बातें सम्मिलित होती हैं।

घुमावदार प्रश्न

कई बार परीक्षा में पूछे गए प्रश्न कुछ अजनबी किस्म के होते हैं। पहली नजर में लगता है जैसे ये हमारे पाठ्यक्रम में ही नहीं थे, लेकिन ध्यान से देखने पर तुम्हें महसूस होगा कि वे प्रश्न तुम्हारे पाठ्यक्रम से ही हैं केवल प्रश्नों को थोड़ा-सा छिपाकर या घुमावदार बनाकर पूछा गया है। कई बार एक ही प्रश्न में कई छोटे-छोटे प्रश्न छुपे होते हैं और सभी का संक्षिप्त उत्तर तुम्हें देना होता है। इससे तुम्हारी बुद्धिमत्ता का सही मूल्यांकन होता है कि तुमने उत्तर केवल कंठस्थ कर लिये हैं या पाठ को अच्छी तरह समझकर ही उनका उत्तर दे रही हो।

अस्मिता की तलाश

इस संसार में असंख्य घटनाओं का क्रम चल रहा होता है, जो कमजोर हैं वे और अधिक मजबूती की ओर बढ़ रहे होते हैं, जो मजबूत हैं और अधिक मजबूत और जो अभी बिल्कुल बीज की ही अवस्था में हैं वे अपने लिए एक उपजाऊ भूमि तलाश रहे हैं। इसलिए कौन बड़ा है या कौन छोटा सभी अपनी-अपनी अस्मिता की तलाश में हैं। हर कोई अलग-अलग तरह की आग अपने में सुलगाये हुए है।

समस्याओं की पहचान

पत्ते धीरे-धीरे निकलते हैं और कड़ी गर्मियाँ आने के पहले उसे सहने लायक अपने को बना लेते हैं। यह है एक तैयारी जिसे करने में पत्तों को कई दिन लग जाते हैं। तुम भी अगर आने वाली समस्याओं को पहचान लेती हो तो उसके निवारण के लिए तैयार रहती हो। अक्सर जीवन जीते हुए इन आने वाली समस्याओं से हम वाकिफ हो जाते हैं और धीरे-धीरे इसकी विभिन्नताओं को भी हम पहचानने लगते हैं।

विकास की दिशा

कमजोर-से-कमजोर छात्र में भी अपनी रुचि का कोई-न-कोई विषय होता ही है और अगर वह उसे अच्छी तरह से पढ़-लिख लेता है तो वह असफल नहीं हो सकता क्योंकि उसके पास एक हुनर तो आ ही जाता है। फिर उस रुचि से नजदीकी रखने वाली अन्य दूसरी चीजों को भी वह अब समझ सकता है जैसे एक चालक स्कूटर से मोटर साइकिल और मोटर साइकिल से कार चलाना सीख जाता है। इन कमजोर छात्रों के विकास की भी इसी तरह की कोई दिशा हो सकती है।

लम्बी यात्रा

एक बगीचे में बहुत सारे फूल और आसमान में असंख्य तारे ही सबके आकर्षण का केंद्र होते हैं। हृदय एक-दो बार धड़ककर शरीर को जिंदा नहीं रख सकता है उसे आजीवन ऐसा करना होता है यानी एक लम्बी जिम्मेवारी का निर्वाह करना पड़ता है तभी उसका काम पूरा कहलाता है। अतः तुम्हें अपने काम लगातार करते रहने होंगे सतत चीजों को सुधारने के प्रति जागरूक रहना होगा तभी इस जीवन के प्रति या लोगों के प्रति जो उत्तरदायित्व है उसका निर्वाह हो पायेगा। तुम एक लम्बी यात्रा में निकली हो और मरते दम तक यह यात्रा जारी रहेगी।

बीज को पनपने देना है

फूल तोड़ लेने या माला बना लेने के बाद एक माली को बहुत अधिक जल्दबाजी होती है कि उसे उसके मालिक तक पहुँचा दिया जाए ताकि वे सूखने से बच जाएँ। इसी तरह की जल्दबाजी तुम्हारे मन में भी होती है जब किसी विषय की अच्छी जानकारी तुम्हें हो जाती है और तुम दूसरों को यह बताकर अपना ज्ञान सिद्ध करना चाहती हो। लेकिन ये बातें बिल्कुल आरंभ की हैं और तुम्हारे भीतर एक आधार बनाने की तैयारी होती है जैसे जमी हुई मिट्टी को खोदकर बाहर निकाला गया हो। अभी तो बहुत कुछ बाकी होता है एक बीज को पनपने देना है ताकि यह ज्ञान के एक विशाल वृक्ष में तब्दील हो सके। तुम्हें अपने शुरुआती आधार को सँभाले रखना है इसे छटपटाने नहीं देना है तभी पनपता हुआ वृक्ष हृष्ट-पुष्ट हो पाएगा।

ध्यान युक्त उत्सुकता

जब पानी में पैसे फेंके गए और फेंकने के साथ ही जिस बच्चे ने उसे पकड़ने के लिए छलाँग लगायी उसे पूरा अंदाजा हो जाना चाहिए कि पैसे किस ओर और कितनी तेजी से किस गहराई में बढ़ रहे हैं तभी पैसे और उसके हाथ एक जगह पर मिल सकते हैं वरना नहीं। इसी तरह के होते हैं पाठ, वे कितनी गहराई में और किस दिशा में हैं उस पर नजर लगाकर, पूरी उत्सुकता से जब उन्हें खोजा जाता है तो वे तुम्हें प्राप्त हो जाते हैं वरन् पाठ का ज्ञान कहीं और, तुम्हारा दिमाग कहीं और।

काम में दिखेगी मजबूती

जब हमारे पाँव मजबूत होते हैं हम अधिक देर तक साइकिल चला सकते हैं, हाथ मजबूत हों तो देर तक लिख सकते हैं, आँखें मजबूत हों तो देर तक पढ़ सकते हैं, गला मजबूत हो तो बहुत देर तक भाषण दे सकते हैं आदि-आदि। इस तरह से जितनी हमारी ताकत होती है उसी के अनुसार हमारे अंग भी किसी-न-किसी कार्य में सक्रिय हो जाते हैं। इसलिए हम जितने अधिक मजबूत होंगे, उतना ही किसी भी काम को अधिक देर तक और अच्छी तरह से कर सकेंगे। अगर हम पूरी तरह से मजबूत होंगे तो हमारी यह मजबूती हमारे सारे कामों में दिखलाई देगी।

प्रगतिशीलता

तुम्हारे शहर में आज जो घट रहा है। दूसरे शहर में कुछ और होगा। तुम्हारे देश में जो घटनाएँ घट रही होती हैं, दूसरे देश में कुछ अलग घट रही होंगी। इस तरह से पूरी पृथ्वी पर घटने वाली सिर्फ एक दिन की घटना को अगर जोड़ दिया जाए तो इन घटनाओं को देखने, पढ़ने या जानने में तुम्हें वर्षों लग जाएँगे। इस तरह से तुम इस पृथ्वी पर मौजूद विविधताओं और हर पल घटने वाली नवीन घटनाओं को समझ सकती हो। इतनी प्रगतिशील दुनिया में टिके रहने के लिए, बिना आलस्य के अच्छे प्रयत्न करने होंगे, तभी तुम भी प्रगति का हिस्सा बन सकोगी।

सावधानी कितनी जरूरी

चींटी ऐसा जीव है जिसे हम देखना तक नहीं चाहते, लेकिन वह हमारे प्रति इतनी मुस्तैद है कि जरा-सा भी मीठा कहीं गलती से हमसे छूटा कि वे उस पर धावा बोल देती हैं। यानी हमारी भूल पर कोई-न-कोई घात लगाये बैठा होता है जैसे चूहे, कौए, मकड़ियाँ, तिलचट्टे, बिल्लियाँ या अन्य जीव। इसलिए तुम्हें समझ जाना चाहिए कि तुम्हें सावधान रहना कितना जरूरी है। जरा-सी भी तुम चूकी कि कोई दूसरा तुम्हारे हिस्से का फायदा ले जाएगा।

सुदृढ़ आधार

मिट्टी का दीया कभी नष्ट नहीं होगा, केवल हमें तेल और बाती बार-बार बदलना होगा। प्रकाश फैलता रहेगा। यह दीया यानी मिट्‌टी का आधार लेकिन कितना मजबूत कि आग तक को बरसों-बरस तक सँभाले रहता है अपने आप में। यह आधार भी सबसे कम मूल्य का तेल और बाती की तुलना में और हल्का फिर भी जमा हुआ एक जगह पर। न हवा के झोंके का डर, न पानी और न बिजली का डर। तुम भी जब अपनी जिन्दगी में एक सुदृढ़ आधार खोज निकालती हो तो फिर केवल तेल और बाती ही बदलनी होती है और जीवनयापन होता रहता है।

सफाई

जब मेज पर सफाई न हो तो मक्खियाँ भी बाहर की गंदगी छोड़कर हमारे आस-पास मँडराने लगती हैं। शायद यह बताने के लिए कि यहाँ पर गंदगी मौजूद है। लिखते समय भी अगर तुम्हारी सोच में सफाई नहीं हो तो मक्खियों जैसे बहुत सारे काटकूट के निशान, लिखे हुए को बार-बार सुधारने पर बन जाते हैं, जो बहुत बुरे लगते हैं। यह साफ दर्शाता है कि तुम्हें अपने पाठ का अध्ययन फिर से अच्छी तरह करना चाहिए।

सुबह की ताजगी

बचे हुए काम सुबह के ताजगी भरे हाथ माँगते हैं ताकि वे जल्दी–से–जल्दी पूरे हो सकें। सुबह के सूरज के चेहरे में जो ताजगी भरी चमक होती है वह काम के लिए निकलते मजदूरों में भी होती है। सुबह का जीवन जैसे सूखी रात में धीरे-धीरे पानी सींचने का आरंभ होना है। धीरे–धीरे बढ़ता प्रकाश सभी को पुकार रहा होता है और सुबह असंख्य औजारों के शोर से भर जाती है। तुम भी कहीं अलग नहीं हो और तुम भी इन सबों के साथ हो और तुम्हारी भी सुबह की यात्रा में अनंत संभावनाएँ छुपी हैं।

छात्र कुशल प्रबंधक

जिनके सिर पर जिम्मेदारियाँ आती हैं उनकी अपने कर्मचारियों के प्रति उत्सुकता एवं चौकन्नापन बढ़ जाता है। जब वे अपने काम को दूसरों से अच्छी तरह से करवा पाते हैं तभी एक अच्छा प्रबंधक कहलाते हैं। अगर सही रूप में देखा जाए तो एक अच्छा छात्र कुशल प्रबंधक ही होता है क्योंकि वह हमेशा अपनी नजर पाठ को समझने एवं याद करने की क्रिया पर लगाता है। वह पाठों को समझने की सही प्रणाली एवं मानसिक व्यवस्था पर हमेशा गश्त लगाता है और परीक्षा में अधिकतम अंक पाने का मार्ग प्रशस्त करता है।

उपयोगिता

खोखले बाँस में जब तक गोल आकार के कई समान छेद निश्चित दूरी पर नहीं किये जाते तब तक वह बाँसुरी नहीं बनता, मात्र बाँस ही रह जाता है। फूलों की खुशबू को कैद करने के लिए उन्हें इत्र में बदलना पड़ता है एवं लोहे की ताकत दिखलाने के लिए उन्हें अस्त्रों में। इस तरह से तुम देखोगी कि तुम्हारे हाथों में अनगिनत चीजें होती हैं लेकिन तुम्हारी सामर्थ्य उन्हें जब तक किसी काम की चीज में नहीं बदल देती तब तक वे उपयोगी नहीं हो पातीं। तुम्हें हमेशा अपनी पढ़ाई को भी कच्चे माल की तरह बार-बार अनेक रूपों में बदलना होता है तभी तुम्हारे पास एक बौद्धिक शक्ति का मजबूत भण्डार समृद्ध होता जाता है।

बुरी आदतों से दूरी उचित

तुम हमेशा देखोगी कि हमें नुकसान पहुँचाने वाले जीव जैसे दीमक, चींटी या चूहों की संख्या शुरू में बहुत कम होती है और देखते-देखते इनका एक बड़ा समूह बन जाता है और हमारा नुकसान भी बड़ी तेजी से होने लगता है।

इसी तरह से बुरी आदतें या लत भी पहले अपने अकेले रूप में ही आक्रमण करती हैं लेकिन उनका कब्जा तुम पर हो जाने के बाद अन्य और भी कई तरह की बुरी आदतों की गुलाम तुम होती जाती हो। अत: कोई भी बुरी आदत तुम्हारी दिनचर्या में शामिल होने की कोशिश करे उसे तुम पर बैठने के पहले ही दूर हटा देना उचित होगा।

महत्त्वपूर्ण बातें याद रखो

कई बार छोटे-छोटे वाक्य महत्त्वपूर्ण होने के कारण बड़े-बड़े आकार में लिखे जाते हैं ताकि उन पर सबकी नजर पड़ सके। जबकि अक्सर कम महत्त्वपूर्ण वाक्य समूहों को सिर्फ छोटी-सी जगह ही दी जाती है। अगर तुम्हारी नजर में कोई बात छोटी-सी ही लेकिन महत्त्वपूर्ण हो तो अपने मस्तिष्क में उसे बड़ा स्थान देना चाहिए। जबकि बेमतलब की अर्थहीन बातों को न याद रखना चाहिए और न ही अपने मस्तिष्क में कोई जगह देनी चाहिए।

परीक्षा की तैयारी

रेलगाड़ी बहुत दूर रहने पर भी पटरी के नजदीक अपने कानों को ले जाने पर उसके आने की आवाज स्पष्ट सुनाई देती है। जो इस बात का संकेत देती है कि जल्दी ही रेलगाड़ी स्टेशन पर पहुँचेगी। इसी तरह साधारण किस्म के छात्र परीक्षा के बिल्कुल नजदीक आ जाने पर उसके बारे में सचेत होते हैं लेकिन मेधावी छात्र बहुत दिन पहले से ही परीक्षा की नजदीकी का आभास अपने मन में रखकर जोर-शोर से तैयारी शुरू कर देते हैं।

खुशियों की वापसी

जब हमारी दी गयी किसी भी चीज से दूसरों को खुशी मिलती है तो वह भी हमें खुशी देना चाहता है। इस तरह से खुशियों का आदान-प्रदान होता रहता है। हम पेड़ में जितनी अधिक खाद एवं उर्वरक छिड़कते हैं वह अधिक-से-अधिक फल और फूल देकर हमारा प्यार वापस लौटा देता है। बच्चों को हम थोड़ा-सा गोद में खिलाते हैं और वे हँस-हँसकर हमारी तबीयत खुश कर देते हैं। विद्यालय के लिए हम कुछ अच्छा करते हैं जिससे उसका मान-सम्मान बढ़े तो विद्यालय में भी हमारी इज्जत बढ़ जाती है।

शिक्षा की आग

आग को प्रज्वलित होते रहने के लिए बार-बार ईंधन चाहिए और जैसे ही ईंधन खत्म होगा आग भी स्वत: खत्म हो जाएगी। इसी तरह की होती है शिक्षा की आग, जब तक इसे सुलगाने वाले तत्त्व यानी ज्ञान की बातें या ज्ञान को बढ़ाने का कोई स्वरूप मिलता रहता है, उसमें प्रगति होती रहती है। लेकिन जैसे ही तुमने नये-नये पाठ या नयी-नयी चीजें सीखनी बंद कर दी शिक्षा का विकास रुक जाता है। अत: शिक्षा की आग को हमेशा सुलगाये रखने की तुममें तत्परता रहनी चाहिए।

अपना स्वर सुनो

कोयल जब गाती है तो हम सिर्फ उसे ही सुनना पसंद करते हैं, दूसरे स्वरों की ओर से अपना ध्यान हटा लेते हैं। इसी तरह से जब तुम्हारे भीतर अपने सृजन के प्रति आत्मविश्वास, अपने काम से खुशी और लगाव, अपनी क्षमता को बढ़ाने की तत्परता तथा अपनी जो प्रगति हो रही है उसकी खुशी मौजूद होती है तो फिर दूसरी असंगत आवाजों को तुम सुनना पसंद ही नहीं करोगी। इसलिए अपने स्वर अधिक सुनो बनिस्बत दूसरों के, ताकि तुम अधिक खुश रह सको।

छुपी ताकत

शेर के पंजों और जबड़ों में ताकत होती है। हाथी की सूँड़ एवं पैरों में ताकत होती है, जबकि गैंडे की सींग और बिच्छू के डंक में। हर प्राणी के पास इसी तरह की कोई-न-कोई ताकत अवश्य होती है।

तुममें भी ऐसे ही गुण कहीं-न-कहीं जरूर छिपे हैं। तुम अपनी इस छुपी ताकत को पहचानती हो और उसका उपयोग करती हो तो वही तुम्हारी रक्षात्मक सहारा बन जाती है। एक अच्छा शिक्षक कक्षा के छात्रों की इसी छुपी ताकत को धीरे-धीरे पहचानता है एवं शिक्षा में इसका उपयोग करता है।

लेखन

एक जानवर की मृत्यु हो जाने पर केवल छोटे-मोटे जानवर ही उसकी लाश को खाते हैं जबकि बड़े जानवर खुद ही शिकार कर अपना भोजन करना पसंद करते हैं। अपनी मेहनत से धनार्जन करना एवं अपनी मेहनत से भोजन अर्जित करके उसे ग्रहण करने का सुख कुछ अलग ही होता है। सुने हुए यात्रा वृत्तांत और अपने से की गयी यात्राओं के सुख में बेहद अंतर होता है। कक्षा में दूसरों के बनाये नोट्स को रटने की बजाय पाठ को खुद समझकर मौलिक रूप से लिखना कहीं अधिक सुखदायी और लाभकारी होता है।

लयबद्धता जरूरी

जब तीन या चार लोग एक साथ मिलकर नृत्य करते हैं तो उनके बीच आपसी तालमेल बेहद जरूरी है। क्योंकि सभी एक-दूसरे के पूरक हैं तथा एक की मुद्रा दूसरे की मुद्रा को आगे बढ़ाती है। जब सभी मिलकर अच्छा नृत्य करते हैं तो अच्छी नृत्य प्रस्तुति होती है। इसी तरह तुम्हारे बोले या लिखे हुए विवरण आरंभ से अंत तक आपस में तालमेल रखते हुए जब तक एक लय नहीं बनाते, तब तक वे दूसरों पर वैसा प्रभाव नहीं छोड़ पाते।

सर्वांगीण विकास

जब भी किसी बड़े देश का नाम याद आता है उस वक्त हमारे दिमाग में उसकी बड़ी इमारतें याद आने लगती हैं। लगता है जहाँ जितनी बड़ी बड़ी इमारतें होंगी वह देश भी उतना ही अधिक बड़ा होगा। लेकिन कोई भी देश सिर्फ बड़ी-बड़ी इमारतों के बल पर नहीं चलता है वहाँ मौजूद खेत-खलिहान, कारखाने तथा अन्य व्यावसायिक क्षेत्र ही इन इमारतों की नींव होते हैं। इनके सर्वांगीण विकास के बाद ही बड़ी-बड़ी इमारतों का निर्माण होता है। हो सकता है ऐसी ही कोई बड़ी इमारत या घर बनाने का तुम्हारा सपना हो, लेकिन यह उतना आसान नहीं है। पहले तुम्हें श्रम एवं योजनाओं से इसकी नींव तैयार करनी होगी। जब बहुत अधिक श्रम और प्रयास एक साथ पकेगा तभी एक अच्छी इमारत के लिए धनार्जन का काम शुरू होगा और ढेर सारे पैसे हासिल होने के बाद निर्माण कार्य शुरू हो सकेगा।

आग को स्वतंत्र नहीं रहने देना है

किसी भी आग को स्वतंत्र नहीं रहने देना है यह कम-से-कम पढ़ा व्यक्ति और बेवकूफ भी जानता है। इसलिए वह एक मचिस की डिबिया को भी सँभालकर वह रखता है। वह जानता है कि एक तीली से आग को सुलगा लेना बहुत आसान है, लेकिन उस पैदा हुई आग को बुद्धिमानी से ही उपयोग में लाना होगा। एक लाभकारी शिक्षा आदमी की बुद्धि को बहुत अधिक विकसित तो कर देती है, लेकिन इसके दुरुपयोग और सदुपयोग का संयम भी खुद को ही करना होता है।

मंथन

शरीर के गिरने पर उसमें कितनी क्षति हुई है उसे एक्सरे मशीन के द्वारा ही जाना जाता है, केवल छूकर नहीं। दूर से न तो किसी झील की गहराई का पता चलता है और न ही आसमान की ओर देखकर बादलों की ऊँचाई का। पेड़ अपनी गहराई को धरती में छुपाये रखते हैं और बड़ी–बड़ी चट्टानें तो किसी के स्पर्श और ठोकर की परवाह तक नहीं करतीं। प्रत्येक पाठ जब तुम्हारे सामने आते हैं तो वे अनजान की तरह होते हैं लेकिन उनका पूर्ण मंथन होने के बाद वे अपने घर की दीवारें तुम्हारे लिए खोलने लगते हैं। उनकी बनावट को तुम समझती हो और तुम्हें ये किस तरह का लाभ दे पायेंगे यह भी साफ–साफ नजर आने लगता है।

मूल्यवान

जिस जगह पहाड़ होते हैं और उनके साथ–साथ बर्फ और झील भी साथ ही झील के चारों ओर हरियाली भी हो तो उन दृश्यों का मूल्य बढ़ जाता है। उसी तरह तुम्हारा लिखना केवल उत्तर देने का उद्देश्य मात्र न होकर जब वह अनूठे लयबद्ध वाक्यों एवं रुचिकर गठन तथा विषयों की सूक्ष्म जानकारी देने वाला हो तो फिर वह एक मूल्यवान हो जाता है।

पुराने अनुभव

तुम हर दिन अपने पीछे पुराने अनुभव, पुराना जीवन छोड़ चुकी होती हो, लेकिन सभी पुरानी चीजें असंख्य ईंटों की तरह तुम्हारे चरित्र का निर्माण करती चली जाती हैं। जिनके बारे में तुम बाद में सोचती हो और गर्व महसूस करती हो। दरअसल तुम्हारा वर्तमान ही कल पुराना होकर एक अच्छे इतिहास का निर्माण करता है।

मित्रता इसी तरह से बढ़ती रहती है

कुंभ के मेले में एक ही तरह का पानी करोड़ों लोगों को पवित्र स्नान करवाता है। एक ही तरह के लोकगीत या लोकनृत्य लाखों लोग सीखते हैं। एक ही तरह की भाषा को देश का प्रत्येक आदमी बोलता है। इस तरह से लोगों के संबंधों में कहीं-न-कहीं एक जैसी रुचि वाले विचार, आदतें या पसंद होती है जिनके सहारे वे एक-दूसरे को समझ पाते हैं। एक कक्षा या समुदाय में मित्रता इसी तरह से बढ़ती रहती है।

ख्याति का रास्ता

जब तक तुम्हारी शिक्षा लोगों के लिए नया रास्ता निर्मित नहीं कर लेती तब तक सामान्य ही रहेगी। लेकिन जब तुम्हारे द्वारा खोजा गया नया रास्ता अनेक लोगों के अनुसरण के बाद विश्वसनीय हो जायेगा तब तुम्हें ख्याति प्राप्त होने लगेगी। दुख तो उस वक्त अधिक होता है जब तुम केवल दूसरों की बतायी हुई बहुत सारी चीजों का अनुसरण करती हो लेकिन तुम्हारे पास कोई एक भी चीज नहीं है जिसका कि दूसरे लोग अनुसरण करें।

बुद्धि का विकास

जीवन की समस्याएँ अद्‌भुत होती हैं इनका हल गणित के किसी सवाल की तरह नहीं होता बल्कि अपने विगत अनुभव, चीजों को समझने की युक्ति, मनुष्य जीवन की समझ, लोगों के हक तथा अपना सामर्थ्य आदि को समझकर ही उन्हें हल किया जाता है। इसी विकसित बुद्धि के सहारे जो चीजें तुम्हारी समझ में आती भी नहीं या तुमने उसके बारे में कभी सुना भी नहीं, उन्हें भी तुम तुरंत समझ लेती हो। इस तरह की बुद्धि का विकास जितना तुममें विस्तृत एवं गहरा होगा, तुम उतने ही अधिक विशाल व्यक्तित्व की स्वामिनी होगी।

निर्णय

उद्योग से जनित क्षेत्र में लोग इंजीनियर बनने की लालसा अधिक रखते हैं जबकि खेती करने वाले बड़े क्षेत्र में लोग कृषि वैज्ञानिक और देश की सीमा के आस–पास के लोग फौज में भरती होने में रुचि रखते हैं। इस तरह से अक्सर हमारे चुनाव निजी न होकर स्थान विशेष से प्रेरित रहते हैं। कभी स्थान, कभी जलवायु, कभी परिवार की स्थिति तो कभी अपनी और मित्रों की रुचियाँ भी हमारे निर्णय पर प्रभाव डालती हैं। इसलिए अगर तुम ऐसा सोच रही हो कि कोई भी निर्णय तुम खुद अकेले ही कर रही हो तो तुम फिर गलती कर रही हो। जबकि तुम्हारा प्रत्येक निर्णय उपर्युक्त बातों से हमेशा प्रभावी रहता है।

जैसा साधन वैसा प्रयोग

अक्सर जिन जीवों के पास शिकार करने के लिए वैसी ताकत, खूंखार बनावट यानी आक्रामक पंजे, पैने जबड़े या नुकीले सींग नहीं होते वे शाकाहारी हो जाते हैं। एक हिंसक जीव में अलग किस्म का चातुर्य, फुर्तीलापन एवं दूसरों को वध करने की प्रवृत्ति हमेशा बनी रहती है। तुम अगर गौर करोगी तो देखोगी कि जिनके पास ताकत है वह इसके इस्तेमाल के लिए बेचैन रहेगा ही, जिनके पास पैसे होंगे वह इनका निवेश करेगा ही और जिनके पास कला होगी वह इसे दिखलांयेगा ही। इस तरह से प्रत्येक मनुष्य अपनी ताकत के अनुसार सक्रिय होता है या होने की कोशिश करता है। अगर तुम शिक्षित हो तो वैसा आचरण ही सबके सामने प्रकट करोगी और कोई गलत आचरण अगर भूल से भी कर बैठी तो उसे तुरंत ही सुधारना चाहोगी।

अनुसरण की प्रवृत्ति

एक किसान को खेत जोतते देखकर दूसरे किसान का मन भी अपने खेत की ओर चला जाता है। वह भी उसे जोतना चाहता है और अपने खेत को फसलों से लहलहाते देखना चाहता है। एक की उन्नति के स्रोत हमेशा दूसरों को अपनी उन्नति के लिए उकसाते रहते हैं। एक व्यक्ति अगर कोई समाज कल्याण का भार उठाता है तो साथ देने बहुत सारे व्यक्ति उठ पड़ते हैं। एक पुस्तक कुछ लोगों को अच्छी लगती है तो धीरे-धीरे लाखों लोग उसे पढ़ने लगते हैं। यह अनुसरण करने की प्रवृत्ति मनुष्य में बहुत अधिक है, इसलिए मनुष्य एक सामाजिक प्राणी एवं एक जैसे रहन-सहन वाला अधिक दिखायी पड़ता है साथ ही लगभग एक जैसी ही शिक्षा के माध्यम को अपनाकर शनैः-शनैः विकसित होता जाता है।

ज्ञान का घमंड

सागर के बिल्कुल छोटे हिस्से को ही हम किसी पात्र में कैद कर सकते हैं और वैसे ही बर्फीले पहाड़ से थोड़ी-बहुत बर्फ ही हम निकाल सकते हैं। इनके पूरे हिस्से को न तो किसी जगह संचित कर सकते हैं और न ही पूर्ण रूप से नियंत्रित क्योंकि इनकी विशालता असीम है तथा फैलाव का दायरा अति विस्तृत। इसी तरह इस जगत् में ज्ञान का भंडार इतना विशाल है कि हम केवल इसका बेहद छोटा-सा हिस्सा ही अपने मस्तिष्क में संरक्षित कर पाते हैं और वह भी कठिन परिश्रम के बाद। इसलिए यह घमंड करना कि हमने बहुत अधिक ज्ञान अर्जित कर लिया है, हमेशा मिथ्या ही रहेगा।

ज्ञान और हमारा मस्तिष्क

गाँव के लोगों के पास खेती करने के लिए जो जमीनें होती हैं उनके बीच कोई दीवार नहीं होती लेकिन सभी को मालूम होता है कि उनकी जमीन कहाँ-से-कहाँ तक है। जैसे कोई दीवार तो नहीं है लेकिन एक अदृश्य सीमा रेखा सबके बीच खिंची हुई होती है। इसी तरह मस्तिष्क में बहुत सारा ज्ञान और बातें होती हैं और जिनका अपना अलग आकार होता है और वे बिना किसी दीवार के भी अलग-अलग अस्तित्व रखती हैं। तुम कभी अपने ज्ञान को टटोलो तो इसके अलग-अलग क्षेत्र का पता लग जाएगा साथ ही इसके फैलाव का भी और अद्‌भुत बात यह है कि जितना तुम नया ज्ञान अर्जित करती हो वह तुम्हें एक नयी जमीन देकर समृद्ध करता चला जाता है।

शिक्षा में क्रांति

किसी भी चीज या अवस्था में क्रांति लाना यानी जो व्यवस्था अभी चल रही है उससे अच्छी व्यवस्था को लोगों के बीच रखना तथा उसे स्थापित करना है, ताकि लोगों का जीवन इस नयी व्यवस्था से और भी अधिक खुशहाल हो। ऐसी किसी क्रांति का प्रयोग शिक्षा में भी संभव है। इसलिए तुम पाओगी कि शिक्षा के पाठ्‌यक्रम में कई बार बदलाव किये जाते हैं ताकि नये जमाने के छात्र नयी चीजों को नये तरीके से पढ़ सकें। ऐसे बदलाव अक्सर अनेक विद्वानों से विचार-विमर्श करने के बाद किये जाते हैं, ताकि छात्रों को उच्च स्तर की अति उपयोगी शिक्षा मिल सके।

इच्छा शक्ति

यह जिंदगी इतने आश्चर्यों से भरी है कि वह प्रत्येक व्यक्ति को तरह-तरह की पीड़ाओं का स्वाद चखा ही देती है। कोई ऐसा व्यक्ति नहीं है जिसे किसी-न-किसी तरह की पीड़ा कभी नहीं हुई हो। फर्क उस वक्त महसूस होता है जब एक उच्च इच्छाशक्ति वाला व्यक्ति कितनी ही तरह की पीड़ाओं और कठिनाइयों के बावजूद अपनी हिम्मत नहीं हारता तथा अपने मकसद को पूरा करने के लिए आजीवन अथक प्रयत्न करता रहता है।

खतरनाक आदत

जो लोग पहली बार सिगरेट पीते हैं अपने नजदीकी दोस्तों की देखा-देखी में ही ऐसा करते हैं, जबकि अच्छे कार्य एवं अच्छी चीजों का उपयोग करना इनके माँ-बाप उन्हें बचपन से ही सिखाते आये हैं। जिन्हें वह रोजमर्रा की जिंदगी में अपनाता रहता है। प्रत्येक बच्चे के लिए उसके माँ-बाप ही सबसे अधिक विश्वसनीय होते हैं जिनकी हर बात को वह आँखें मूँदकर मान लेता है या यकीन करता है। जब इतने विश्वसनीय अभिभावक के वह करीब है तो फिर मानसिक आघातों एवं समस्याओं से निपटने के लिए सिगरेट या दूसरी नशीली वस्तुओं का सहारा लेना एक अति खतरनाक आदत में अपने आपको जकड़ना तो है। साथ ही बड़ों के प्रति अपनी श्रद्धा में भी गिरावट लाना है।

ज्ञान का वेग

समुद्र की लहरों की ताकत को बीच में नहीं बल्कि किनारे पर ही महसूस किया जाता है। तुम्हारी ताकत की पहचान तुम्हारे बोलने या लिखने से ही होती है। यही रास्ते हैं जहाँ से तुम्हारी ताकत बाहर की ओर अपना छोर खोलती है। जब तुम्हारे भीतर ज्ञान का भंडार असीम हो तो समुद्र की लहरों की तरह जितना भी बोलो या लिखो यह वेग हमेशा बना ही रहेगा। जैसे डालियों से पत्ते और फूल उनके मृत्युकाल तक फूटते रहते हैं।

अलग-अलग आवाजें

हर किसी के पास एक स्पष्ट और सुनिश्चित आवाज होती है यही उसकी पहचान है। इसलिए एक कक्षा में छात्रों से पिन ड्राप साइलेंस में रहने को कहा जाता है, ताकि शिक्षकों की बातें ही छात्रों के कानों तक पहुँचें न कि दूसरे छात्रों की आवाज से मिश्रित होकर। वैसे गणित पढ़ाने वाले शिक्षक बोलकर कम, लिखकर अधिक बताना पसंद करते हैं, जबकि समाज विज्ञान पढ़ाने वाले शिक्षक केवल बोलते ही जाते हैं। वहीं पदार्थ विज्ञान और रसायन शास्त्र पढ़ाने वाले प्रयोग कर-करके दिखाना चाहते हैं। इस तरह से सभी तरह की शिक्षा एवं शिक्षकों की भी अपनी अलग-अलग आवाजें होती हैं।

स्याही की ताकत

एक कलम में कैद स्याही का कोई मूल्य नहीं होता लेकिन जैसे ही यह कागज पर उतरती है अनगिनत भाषाओं में अपनी जुबान खोलने की ताकत उसमें आ जाती है। यानी स्याही एक है लेकिन अलग-अलग तरह से उसे अंकित कर अलग-अलग भाषा के द्वारा लोगों तक अपनी बात पहुँचायी जाती है। इस स्याही की ताकत सिर्फ यहीं तक निहित नहीं है, इससे चित्र बनाकर अशिक्षित लोगों तक भी अपना संदेश पहुँचाया जा सकता है। तुम्हारा ज्ञान भी इस स्याही की तरह ही होता है, अनगिनत रूपों में इसे ढाला जा सकता है, असंख्य लोगों तक इसके माध्यम से अपनी बात पहुँचायी जा सकती है। इसलिए इसकी शक्ति असीम है।

रंगों की समझ

दुनिया में जन्म लेने के बाद हमने जितने भी दृश्य देखे उन्हें हम रंगों के सहारे ही पहचानते हैं या याद रखते हैं। इसलिए तुममें रंगों की समझ होना अति आवश्यक है। जब तक तुम रंगों को ठीक तरह से नहीं समझती हो, किसी भी दृश्य पर तुम्हारी एकाग्रता ठीक से नहीं बैठेगी। सूरज के उदय होने से लेकर अस्त होने तक के समय में प्रकृति के रंगों में जितने बदलाव होते हैं, उन्हें गौर से देखने पर तुम्हारी रंगों संबंधी समझ बढ़ेगी।

सुरक्षा के उपाय

जब हम सोचते हैं कि हम सुरक्षित नहीं हैं तो दीवार बनाते हैं, ताले लगाते हैं और सुरक्षा कर्मचारी रखते हैं। जितना अधिक हम अपने आप को असुरक्षित समझते हैं उतने ही अधिक सुरक्षा के उपाय लगाते हैं। लेकिन जिनके पास ज्ञान होता है, उनके पास एक आत्मविश्वास भी होता है फिर वे छोटी-मोटी चीजों से घबराते नहीं हैं। वे जानते हैं कि अगर उन्हें कुछ खोना भी पड़ा तो उनके पास सामर्थ्य है कि वे फिर से खोये हुए को हासिल कर लेंगे।

अभ्यास की झलक

फुटबाल का खेल शुरू करने के कुछ ही दिनों के अभ्यास से खिलाड़ियों के पाँवों में चुस्ती और ताकत दिखाई देने लगती है। उसकी आँखें चौकन्नी और शरीर पूरा संतुलित आकार में ढलता हुआ दिखायी पड़ता है। वैसे ही तुम पढ़ाई के सही मार्ग में अगर निरंतर क्रियाशील हो तो शिक्षक के समक्ष एक अच्छी पढ़ने वाली छात्रा के समान गुण तुममें जरूर झलकेंगे। इसे तुम छुपाकर रखना भी चाहो तो छुपा नहीं पाओगी। क्योंकि कठिन मेहनत के बाद आये हुए बदलाव को खोना अब तुम्हारे बस में नहीं है। हाँ इस बदलाव की कोई सीमा नहीं है यह एक अच्छे मनुष्य से बहुत अच्छे मनुष्य में बदलने की निरंतर प्रक्रिया है।

शिक्षा का महत्त्व

हर दिन कितनी ही चीजें हमारे सामने से गुजरती हैं या हम उसके सामने से गुजरते हैं, लेकिन सभी का न तो हम उपयोग कर पाते हैं और न ही सभी को हम ठीक से समझ पाते हैं। चीजों का अधिक-से-अधिक उपयोग करना हमारी क्षमता को दर्शाता है। तुम आज जो भी पढ़ रही हो वह सभी इसी क्षमता को विकसित करने में मददगार होता है। जिस दिन तुम सारी उपलब्ध चीजों का उपयोग कर पाओगी या समझ पाओगी, उस दिन तुम्हें इस शिक्षा का महत्त्व और भी अच्छी तरह से समझ में आयेगा।

मिल्कियत

बीज हवा के सहारे उड़कर जिस भूमि पर पनपने लगते हैं वह भूमि ही उसकी माँ हो जाती है। अब उसे बड़ा करने एवं पालन-पोषण का जिम्मा उसी भूमि का हो जाता है। इसके बदले उस भूमि को मिलता है गौरव एक वृक्ष की मिल्कियत का। जीवन में जिम्मेदारियाँ इसी तरह से कई बार हमारे सिर आती हैं और जिनका निर्वाह अगर हमने किया तो वे हमारी हो गयीं वरना किसी और की। लेकिन तुम इन जिम्मेदारियों को निभाकर किसी-न-किसी खूबसूरत चीज की हकदार अवश्य बन जाती हो।

खोने से अधिक पाना

नयी कक्षा और नयी पुस्तकें मिलने के साथ ही पुरानी पुस्तकों की विदाई। अजीब-सी बात लगती होगी तुम्हें कि ये परीक्षाएँ खत्म हुईं और अपने साथ-साथ तुम्हारी पुरानी पुस्तकें भी ले गयीं। साथ ही उनका प्यार भी। अब दोबारा नयी कक्षा, नयी किताबें और इनसे नये तरह का प्यार। इन नयी चीजों पर भी यकीन करना होता है तुम्हें। कुछ खोने का दुख लेकिन कुछ उससे अधिक पाने का सुख लिये तुम आगे बढ़ती जाती हो।

एकाग्रता

जब तुम्हारे सामने सोना या चाँदी जैसी बहुमूल्य वस्तुओं को वजन किया जा रहा होता है उस वक्त तुम्हारी पूरी एकाग्रता काँटे पर रहती है जबकि कम मूल्य की चीजों का वजन होने पर तुम उतना अधिक ध्यान नहीं देती। यह तुम्हारी बहुमूल्य चीजों के पीछे तत्परता एवं सजगता दर्शाती है। जिस दिन तुम्हें आभास हो जायेगा कि शिक्षा कितनी मूल्यवान है, उस दिन उसके प्रति तुम पूर्ण एकाग्रचित्त हो जाओगी एवं बाकी सारी चीजें भूल जाओगी।

घनिष्ठता

पेड़ के फलों का मीठा स्वाद ही लोगों को आकर्षित करता है तथा पत्तों की हरियाली देखकर लोग खुद-ब-खुद उसकी छाया में चले आते हैं। फिर जहाँ पेड़ है वहाँ मनुष्य और जहाँ मनुष्य है वहीं पेड़। दोनों जैसे एक ही पसंद वाले प्राणी और दोनों की जड़ें धरती पर ही। इनका इतना अधिक घनिष्ठ संबंध है कि लगता है प्रत्येक व्यक्ति के पास एक पेड़ का होना बहुत जरूरी है। इसी तरह से जो पाठ तुम्हारे घनिष्ठ हो जाते हैं लगता है कभी भी वे साथ न छोड़ें तुम्हारा।

पुस्तक की संरचना

एक पुस्तक अपने आप में एक जैसे सैकड़ों पन्ने तो जरूर लगाये हुए हैं लेकिन उसके प्रत्येक पन्ने का अलग-अलग अर्थ और व्यक्तित्व है, और हर पन्ना अलग-अलग तरह से तुम पर अपनी सत्ता काबिज करना चाहता है। हर पन्ना दर्शाना चाहता है कि वह दूसरे अन्य पन्नों से श्रेष्ठ है। इसलिए इन श्रेष्ठताओं से भरी पुस्तक का बेहद बारीकी से अध्ययन करना जरूरी है, तभी पुस्तक की पूरी संरचना का ठीक-ठीक अर्थ तुम्हें मालूम होगा।

बुद्धि की सक्रियता

जब तुम्हारे भीतर मौजूद शब्द या विचार सो जाते हैं, उनका इस्तेमाल नहीं होता तो फिर तुम्हारा जीवन विचारहीन और शुष्क हो जाता है। इससे ही जीवन में निराशा उत्पन्न होती है, यानी तुम्हें अपनी क्षमता पर कोई भरोसा नहीं होता तथा बुद्धि सोयी हुई मालूम होती है।

बुद्धि जब जागती है तभी वह सक्रिय होती है और सक्रिय व्यक्ति ही हर जीवन की लड़ाई को लड़ता भी है और जीतता भी है।

हाथ

कभी-कभी एक तलवार से दस धड़ अलग कर दिये जाते हैं तो कभी-कभी सिर्फ एक ही। सब कुछ उसे चलाने वाले हाथों की मजबूती पर निर्भर होता है। मजबूत हाथ सभी का मन मोह लेते हैं। वे पूरे जगत् में शोभा पाते हैं लेकिन वे सिर काटने के लिए नहीं बल्कि जो लोग सिर काट रहे हैं उनसे बचाने के लिए होते हैं। अच्छे हाथों में रखी कलम भी कुछ ऐसा ही कोई काम करती है।

स्पर्श का अनुभव

प्रत्येक नयी मिट्टी शुरू में अलग-अलग तरह का स्पर्श देती है और फिर हम उसके मुलायम या रूखेपन के आदी हो जाते हैं। एक अचार तीखा लगता है शुरू में फिर उसके स्वाद से तृप्ति मिलती है। प्रत्येक नयी चीज के स्पर्श से एक टकराहट होती है मन में। फिर वे ठहरकर चुपचाप बैठ जाती हैं। हर बार हमें यह नयी टकराहट चाहे वह कैसी भी क्यों न हो, एक नया अनुभव प्रदान करती है। तुम किसी से घुलमिल गयी तो वह मित्र हुआ वरना वह पहले जैसा अजनबी ही बना रह गया। मित्रता जैसी चीज से किसी-न-किसी शिक्षा का संचार होता है, चाहे वे मित्र निर्जीव हों या सजीव।

पढ़ाई की माँग

एक ही पत्थर लेकिन उससे अनगिनत भावभंगिमा का निर्माण संभव है। सभी में उसे बनाने वाला कलाकार बोलता है। कलाकृतियों के उभार और ढलान में कलाकार के हाथ का दबाव दिखलायी देता है और चेहरा सुन्दर होते हुए भी कभी क्रुद्ध तो कभी शांत। अगर पत्थरों में जीवन नहीं था तो किसने दिया? निश्चित ही कलाकार ने अपनी साँसें, थकान और संवेदना आदि उसे प्रदान की है। पढ़ाई तुमसे ऐसा ही आत्मिक प्रेम और मेहनती जीवन, तुमसे माँगती है जिसके उड़ेले जाने पर पढ़ाई एक सजीव चित्रण हो जाती है, फिर तुम्हारा ही बिम्ब उसमें छलकता है और तुम अपनी इन किताबों पर दृढ़ता से अपना हक दर्ज करती हो, उन्हें आत्मसात् करने के एवज में।

शिक्षा का नशा

सभी अपनी मेहनत की रोटी तोड़ते और चैन से खाते-पीते हैं तो राजा खुश होता है। राजा हमेशा सतर्क होता है कि उसके यहाँ उपद्रव न हो इसलिए शिक्षा और नीति वाक्यों का अधिक-से-अधिक प्रयोग करता है। उन्हें मालूम है कि शिक्षा जिसके पाँवों को जकड़ लेगी फिर वह शांत हो जाएगा क्योंकि शिक्षा ऐसा नशा है जिसके आगे कोई दूसरा नशा ठहरता ही नहीं है।

हारा हुआ व्यक्ति

हारा हुआ व्यक्ति अपने मन की बातें सबों से कहता रहता है। वह आसानी से सबों की बात मान लेता है लेकिन अपनी बात मनवाने की कोई तत्परता उसमें नहीं होती है। ऐसा व्यक्ति अपने पाठ के उत्तर देने में भी सक्षम नहीं होता क्योंकि उसे जो उत्तर देने हैं यानी अपनी बात मनवानी है उसका आग्रह भी बहुत कम होता है तथा उसके उत्तर से कोई ठोस नतीजा भी नहीं निकलता और उसके उत्तर असफल होते हैं। जो लोग दृढ़निश्चयी हैं उनके उत्तरों में भी एक प्रकार का आग्रह तथा दृढ़ता झलकती है, जिससे उसके व्यक्तित्व एवं उसके द्वारा की गयी तैयारी का भी पता चलता है।

मन का काम

ढेर सारे फूलों को इकट्ठा करने के बाद एक माला बनती है। वैसे ही ढेर सारी बालू, ईंट और सीमेंट को इकट्ठा करने पर घर और ढेर सारी लोहे की चादरों एवं खंभों को खड़ाकर एक कारखाने का निर्माण किया जाता है। इस युग में थोड़े से कुछ भी नहीं होता। सभी को अत्यधिक प्यार चाहिए, अत्यधिक धन, अत्यधिक मान-सम्मान और किताबों को भी चाहिए ढेर सारी एकाग्रता। थोड़ी-सी शिक्षा से मन संतुष्ट नहीं होता, उसे भी चाहिए ढेर सारी पढ़ाई और मन जहाँ सुन्दर और अच्छी चीजों से हटा वह केंद्रित होने लगता है बुराइयों एवं अन्य बहुत सारी व्यर्थ की चीजों में, क्योंकि मन का काम ही है अपने को उलझाये रखना। चाहे अच्छी चीजों में या बुरी चीजों में। चाहे तो साधना में या अत्यधिक आलस्य में।

छोटी चीजें-बड़ी चीजें

आसमान में इतने सारे तारे हैं कि तुम उन सबकी पहचान नहीं कर सकती हो जबकि चाँद के छोटे-बड़े सभी आकार तुम्हें याद हो जाते हैं। यहाँ तक कि उसमें मौजूद दाग भी। जो चीजें छोटी रहती हैं, पानी की बूँद के समान उन्हें याद रखना बेहद मुश्किल है, जबकि तालाब, नदी या कुएँ का आकार हमें हमेशा याद रहता है। इसलिए तुम्हारे द्वारा किये गए सामान्य कार्यों का कोई खास महत्त्व नहीं होता।

तुम्हारी रोशनी

सूरज की ओर हम इसलिए देखते हैं क्योंकि वह हमें प्रकाश देता है। चाँद के सहारे हम आसमान को थोड़ा-बहुत समझ लेते हैं, मरुस्थल की गर्मी के सहारे मुश्किलों का अंदाजा लग जाता है, फिर भीषण गर्मी में हमारी एक ही चाह होती है, वह है ठंड और तलाशते हैं हम छाया-ही-छाया। तुम्हारे पास भी जब लोगों का भला करने की योग्यता होगी तो तुमसे लोग आकर्षित होंगे, फिर तुम एक प्रकाश पुंज हो जाओगी जिसकी रोशनी असंख्य लोगों की होगी न कि केवल तुम्हारी।

खोये को पाने की बेचैनी

हर खोयी हुई चीज को पाने की तुममें बेचैनी होती है, हर खोना लापरवाही या अनजाने में होता है लेकिन जैसे ही तुम पहचान लेती हो कि तुमने क्या खोया है, फिर उसे पाने के लिए अग्रसर होने लगती हो। इसलिए पाठ जो तुम्हारे लिए थे, जो तुम्हारे अपने हो सकते थे लेकिन नहीं हो पाये उन्हें फिर से पाने और अपनाने की एक बेचैनी तुम्हारे भीतर होती है। उन्हें फिर से पा लेने पर प्रसन्नता लेकिन न पाने पर मन उदास हो जाता है।

नवीन उत्साह

हारा हुआ सिपाही नयी तलवार, नयी पोशाक, नये जूतों का स्नेह पाकर फिर से खड़ा हो जाता है और अपनी पिछली हार को भूल जाता है। फिर तुम नयी कलम, नयी कॉपी, नयी पुस्तकों को पाकर अपने में नवीनता क्यों नहीं ला सकती हो। याद रहे कि हमेशा नवीन उत्साह ही लोगों के लिए विजय का मार्ग प्रशस्त करता है, बोझिल मन कभी नहीं।

मुख्य बातें पहले

किसी भी खेल में मुख्य प्रतिद्वंद्वी खिलाड़ी को हरा देने के बाद बाकी के खिलाड़ी भी अपना हौसला खोने लगते हैं। अतः जो समझदार है सबसे पहले मुख्य बातों को पकड़ते हैं बाकी चीजें तो फिर अपने आप काबू में आ जाती हैं। जैसे साँप से विष निकाल देने के बाद उसके सारे अंग साधारण एवं निष्फल हो जाते हैं और वह हमारे वश में आ जाता है।

पूर्वलिखित पुस्तकों पर सम्मतियाँ

नरेश का मिजाज एक चिन्तक का है, वे जीवनानुभवों की गहराई में उतरने का माद्दा रखते हैं।

—इंडिया टुडे

नरेश जी ने कम–से–कम में अधिक–से–अधिक कहने की महारथ हासिल की है। नुकीले वाक्य सीधे निशाने पर लगते हैं। कोई भी पाठक इन्हें एक नजर में ही हृदयंगम कर लेता है। भाषा इतनी सुगम, पारदर्शी और सहज है कि दुविधा या अवरोध का एहसास भी नहीं होता। आश्चर्य होता है कि नरेश अग्रवाल ने जीवन के प्रत्येक अंश को इतने करीब से देखा है दत्तचित्त होकर।

—अरुण कमल, कवि, आलोचक एवं सम्पादक
(साहित्य अकादमी पुरस्कार से सम्मानित)

सब कुछ को सलीके से छिपाकर वे अपने पाठक को सरल–से–सरल भाषा में दृश्य–दर–दृश्य, कुछ अनसुने, अनदेखे और अनजाने को सुनने, देखने और जानने के लिए उकसाते हैं। इसलिए उस मर्म और तत्त्व को ढूँढ़ते हुए, वहाँ तक पहुँचने की प्रक्रिया में वे पाठक को खोजकर पाने के सुख से सुखी कर देना चाहते हैं। उसे अपने ढंग से अपने लिए पाकर पाठक के मन में उसके विस्तार और उसके प्रदर्शन की सबसे ज्यादा सम्भावना बनती है।

—लीलाधर जगूड़ी, कवि
(पद्मश्री एवं साहित्य अकादमी पुरस्कार से सम्मानित)

नये घर में प्रवेश, नये घर में प्रवेश नहीं, कवि का अपनी अंतश्चेतना की चौखटों को पारकर अपने आप को पाने, खोजने का प्रयत्न है। गहन आत्मविश्लेषणात्मक है कवि की दृष्टि। दुनिया के सारे कुएँ से लेकर अन्य कविताएँ।

—चित्रा मुद्‌गल, वरिष्ठ कहानीकार एवं उपन्यासकार,
(साहित्य अकादमी पुरस्कार से सम्मानित)

श्री नरेश अग्रवाल की इन कविताओं में समय और परिवेश के प्रति कवि की विनम्रता आकर्षित करती है। इनमें किसी प्रकार का भावुक आवेश या आक्रामक उबाल नहीं है, न अनुभव और भाषा की स्फीति। अभिव्यक्ति का यह अनुशासन इन कविताओं को प्रौढ़ और चिन्तनपरक बनाता है।

—विश्वनाथ तिवारी, कवि, आलोचक एवं सम्पादक

आपकी सृजनात्मकता ने नये धरातलों को स्पर्श किया है। अपने आस-पास के जीवन से यह संलग्नता इनकी एक विशिष्ट पहचान बनाती है। संवेदनात्मक गहराई में डूबी हुई इन कविताओं को पढ़कर बहुत अच्छा लगा। आपकी मार्मिकता मन को छूती है।

—विजय कुमार, वरिष्ठ कवि एवं आलोचक

आपकी सुबह की प्रार्थना पुस्तक की कविताएँ मैंने पढ़ीं और आपकी भावनाओं का अकुंठ प्रवाह तथा पवित्र एवं दैवीय आकांक्षाओं तथा प्राकृतिक अनुभूतियों की निश्छल अभिव्यक्ति का रसास्वादन किया। हमारे ऋषियों की तरह आपने प्राकृतिक शक्तियों के सत्य को पहचाना है और उनके रास्ते प्रभु की सत्ता का साक्षात्कार किया है। परम परमात्मा को संबोधित ऐसी कविताएँ विरल ही हैं, क्योंकि मनुष्य स्वयं ही नियंता और परम शक्ति बनने की मूर्खतापूर्ण बुद्धि के चंगुल में फँस गया है। आपकी कविताएँ संतोष और तृप्ति देती हैं।

—डॉ. कमल किशोर गोयनका, साहित्यकार एवं आलोचक
(पूर्व उपाध्यक्ष केंद्रीय हिंदी संस्थान, आगरा)

आपकी प्रकृति आधारित कविताएँ भी मात्र दृश्यचित्र नहीं हैं, उनमें मन बोलता है। कश्मीर को आपने सैरगाह की जगह संवेदना बनाया है। अगर इन पुस्तकों का वितरण ठीक प्रकार से किया जाये तो ये समाज के लिए उपयोगी सिद्ध होंगी।

—ममता कालिया, कवि एवं साहित्यकार

पाँच संग्रहों में संकलित आपकी कविताएँ पढ़ी। एक साथ 400 कविताएँ लिखना हँसी का खेल नहीं है। हिंदी कविता में यह दुर्लभ आयोजन है। ये सिर्फ प्रार्थनाएँ ही नहीं आदमी के भीतर की विकलता जो कविता के रूप में प्रकट हुई हैं। कवि के भीतर ऐसा कुछ है जो उसे अभिव्यक्त करना चाहता है। जीवन के भीतर के अध्यात्म को कविताबद्ध करना कठिन काम है। आपने ऐसी भाषा में कविताएँ सम्भव की हैं जिसमें सम्प्रेषण का कोई संकट नहीं है। अच्छी कविताओं के लिए बधाई।

—स्वप्निल श्रीवास्तव, फैजाबाद, उत्तर प्रदेश
(वरिष्ठ कवि एवं समीक्षक)

आपकी कविताओं में बड़ी सहजता है। अनुभवों का निर्व्याज आवेग है। बड़ी आत्मीय स्वत: स्फूर्तता है।

—विजेन्द्र, वरिष्ठ कवि एवं सम्पादक

नरेश अग्रवाल की कविताएँ क्षेत्रफल में जगह कम घेरती हैं, आत्मा में किसी सूक्त की मंत्रविद्ध गरिमा के साथ बजती हैं। और प्रेम तो बाहरी सारे कोलाहल को अनसुना कर अपने ही राग में उपनिबद्ध हो उठता है। पूरी सृष्टि जैसे उसका मनुहार कर रही होती है।

—ओम निश्चल, वरिष्ठ समीक्षक एवं आलोचक

नरेश अग्रवाल समकालीन हिन्दी कविता के उन थोड़े से कवियों में एक हैं जो अपने समय के चमकते मुहावरों के मायाजाल में न फँसते हुए सृजन की एक नई पृथ्वी के संधान को अधिक महत्त्व देते हैं। वे व्यष्टि से समष्टि की ओर बढ़ने वाले एक ऐसे कवि हैं जो न अपनी स्थानीयता का विस्मरण करता है और न ही अपनी वैश्विक चेतना का लोप होने देता है। वे हाशिये पर खड़े होकर हाशिये के जीवन का वृत्तांत लिखते हैं, और यह बात उन्हें विशेष बनाती है।

—जितेन्द्र श्रीवास्तव, वरिष्ठ कवि एवं आलोचक

❑❑❑